I0635266

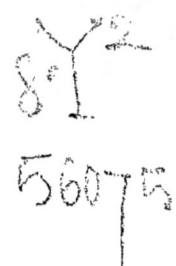

8°Y

5007b

UN DRAME

DANS LES PRISONS

II.

CHEZ LE MÊME ÉDITEUR.

—

UN DRAME

DANS

LES PRISONS

PAR

H. de Balzac.

2

PARIS

HIPPOLYTE SOUVERAIN, EDITEUR,

RUE DES BEAUX-ARTS, 5.

—

1847.

LA

TORTURE MODERNE.

XXXIV

Reconnaissance de plusieurs connaissances.

En entrant, Bibi-Lupin, de qui l'on attendait un : — « C'est bien lui!.. » resta surpris. Il ne reconnaissait plus le visage de *sa pratique* dans une face criblée de petite vérole.

Cette hésitation frappa le juge.

— C'est bien sa taille , sa corpulence, dit l'agent.

» Ah! c'est toi, Jacques Collin, reprit-il en exanimant les yeux, la coupe du front et les oreilles...

» Il y a des choses qu'on ne peut pas déguiser...

» C'est parfaitement lui, monsieur Camusot...... Jacques à la cicatrice d'un coup de couteau dans le bras gauche, faites-lui ôter sa redingote, vous allez la voir...

» De nouveau Jacques Colin fut obligé de se dépouiller de sa redingotte, Bibi-Lupin retroussa la manche de la chemise et montra la cicatrice indiquée.

— C'est une balle, répondit don Carlos Herrera, voici bien d'autres cicatrices.

Ah! c'est bien sa voix! s'écria Bibi-Lupin.

— Votre certitude, dit le juge, est un simple renseignement, ce n'est pas une preuve.

— Je le sais, répondit humblement Bibi-Lupin; mais je vous trouverai des témoins. Déjà l'une des pensionnaires de la maison Vauquer est là... dit-il en regardant Collin.

La figure placide que se faisait Collin ne vacilla pas.

— Faites entrer cette personne, dit péremptoirement monsieur Camusot, dont le mécontentement perça, malgré son apparente indifférence.

Ce mouvement fut remarqué par Jacques Collin, qui comptait peu sur la sympathie de son juge d'instruction, et il tomba dans une apathie produite par la violente méditation à laquelle il se livra pour en rechercher la cause.

L'huissier introduisit madame Poiret,
dont la vue inopinée occasionna chez le
forçat un léger tremblement, mais cette
trépidation ne fut pas observée par le juge
dont le parti semblait pris.

- Comment vous nommez-vous? demanda le juge en procédant à l'accomplissement des formalités qui commen-
cent toutes les dépositions et les interrogatoires.

Madame Poiret, petite vieille, blanche et
ridée comme un ris de veau, vêtue d'une
robe de soie gros bleu, déclara se nommer Christine-Michelle Michonneau,
épouse du sieur Poiret, être âgée de cin-

quante-un ans, être née à Paris, demeu-
rer rue des Poules, au coin de la rue des
Postes, et avoir pour état celui de logeuse
en garni.

— Vous avez habité, madame, dit le
juge, une pension bourgeoise en 1818 et
1819, tenue par une dame Vauquer?

— Oui, monsieur, c'est là que je fis la
connaissance de monsieur Poiret, ancien
employé retraité, devenu mon mari, que,
depuis un an, je garde au lit... pauvre
homme! il est bien malade. Aussi ne sau-
rais-je rester pendant longtemps hors de
ma maison.

— Il se trouvait alors dans cette pension un certain Vautrin? demanda le juge.

— Oh, monsieur! c'est toute une histoire : c'était un affreux galérien...

— Vous avez coopéré à son arrestation?

— C'est faux, monsieur...

— Vous êtes devant la justice, prenez garde!... dit sévèrement monsieur Camusot.

Madame Poiret garda le silence.

— Rappelez vos souvenirs, reprit Camusot.

« Vous souvenez-vous bien de cet homme?... le reconnaîtriez-vous ?

— Je le crois.

— Est-ce l'homme que voici?... dit le juge.

Madame Poiret mit ses conserves et regarda l'abbé Carlos Herrera.

— C'est sa carrure, sa taille, mais... non... si...

» Monsieur le juge, reprit-elle, si je pouvais voir sa poitrine nue, je le reconnaîtrais à l'instant.

Le juge et le greffier ne purent s'empêcher de rire, malgré la gravité de leurs fonctions. Jacques Collin partagea leur hilarité, mais avec mesure.

Le prévenu n'avait pas remis la redingote que Bibi-Lupin venait de lui ôter ; et sur un signe du juge, il ouvrit complaisamment sa chemise.

— Voilà bien sa palatine; mais elle a grisonné , monsieur Vautrin , s'écria madame Poiret.

XXXV

Audace du prévenu.

— Que répondez-vous à cela? demanda le juge.

— Que c'est une folle! dit Jacques Collin.

—Ah! mon Dieu! si j'avais un doute, car

il n'a plus la même figure, cette voix suffirait; c'est bien lui qui m'a menacée...
Ah! c'est son regard!

— L'agent de la police judiciaire et
cette femme n'ont pas pu , reprit le juge
en s'adressant à Jacques Collin, s'entendre pour dire de vous les mêmes choses,
car ni l'un ni l'autre ne vous avaient vu;
comment expliquez-vous cela?

— La justice a commis des erreurs encore plus fortes que celle à laquelle don-
nerait lieu le témoignage d'une femme
qui reconnaît un homme au poil de sa
poitrine et les soupçons d'un agent de police, répondit Jacques Collin.

» On trouve en moi des ressemblances de voix, de regards, de taille avec un grand criminel, c'est déjà vague.

» Quant à la reminiscence qui prouverait entre madame et mon Sosie des relations dont elle ne rougit pas... vous en avez ri vous-même.

» Voulez-vous, monsieur, dans l'intérêt de la vérité, que je désire établir pour mon compte plus vivement que vous ne pouvez le souhaiter pour celui de la justice, demander à cette dame... Foi...

— Poiret...

— Poret. Pardonnez? (je suis Espagnol), si elle se rappelle les personnes qui habitaient cette...

» **Comment** nommez-vous la maison?...

— Une pension bourgeoise, dit madame Poiret.

— Je ne sais ce que c'est, répondit Jacques Collin.

— C'est une maison où l'on dîne et où l'on déjeûne par abonnement.

— Vous avez raison, s'écria Camusot qui fit un signe de tête favorable à Jacques Collin, tant il fut frappé de l'apparente bonne foi avec laquelle il lui fournissait les moyens d'arriver à un résultat.

» Essayez de vous rappeler les abonnés qui se trouvaient dans la pension, lors de l'arrestation de Jacques Collin.

— Il y avait monsieur de Rastignac, le docteur Bianchon, le père Goriot... Mademoiselle Taillefer.

— Bien, dit le juge qui n'avait pas cessé d'observer Jacques Collin dont la figure fut impassible. Eh bien! ce père Goriot...

— Il est mort, dit madame Poiret.

— Monsieur, dit Jacques Collin, j'ai

plusieurs fois rencontré chez Lucien un monsieur de Rastignac, lié, je crois, avec madame de Nucingen, et, si c'est lui dont il serait question, jamais il ne m'a pris pour le forçat avec lequel on essaie de me confondre.

— Monsieur de Rastignac et le docteur Bianchon, dit le juge, occupent tous les deux des positions sociales telles que leur témoignage, s'il vous est favorable, suffirait pour vous faire élargir.

» Coquart, préparez leurs citations.

En quelques minutes, les formalités de la déposition de madame Poiret furent terminées.

Coquart lui relut le procès-verbal de la scène qui venait d'avoir lieu, et elle le signa; mais le prévenu refusa de signer, en se fondant sur l'ignorance où il était des formes de la justice française.

XXXVI

Un incident.

— En voilà bien assez pour aujour-
d'hui, reprit monsieur Camusot, vous devez avoir besoin de prendre quelques ali-
ments, je vais vous faire reconduire à la
conciergerie.

— Hélas ! je souffre trop pour manger, dit Jacques Collin.

Camusot voulait faire coïncider le moment du retour de Jacques Collin avec l'heure de la promenade des acccusés dans le préau; mais il voulait avoir du directeur de la Conciergerie une réponse à l'ordre qu'il lui avait donné le matin, et il sonna pour envoyer son huissier.

L'huissier vint et dit que la portière de la maison du quai Malaquais avait à lui remettre une pièce importante relative à monsieur Lucien de Rubempré.

Cet incident devint si grave qu'il fit oublier son dessein à Camusot.

— Qu'elle entre, dit-il.

— Pardon, excuse, monsieur, fit la portière en saluant le juge et l'abbé Carlos tour à tour.

» Nous avons été si troublés, mon mari et moi, par la justice, que nous avons oublié dans notre commode une lettre à l'adresse de monsieur Lucien, et pour laquelle nous avons payé dix sous, quoiqu'elle soit de Paris, car elle est très lourde.

» Voulez-vous me rembourser le port? Dieu sait quand nous reverrons nos locataires!

— Cette lettre vous a été remise par le

facteur? demanda Camusot après avoir examiné très attentivement l'enveloppe.

— Oui, monsieur.

— Coquard, vous allez dresser procès-verbal de cette déclaration. Allez! ma bonne femme? Donnez vos noms, vos qualités?...

Camusot fit prêter serment à la portière, puis il dicta le procès-verbal.

Pendant l'accomplissement de ces formalités, il vérifiait le timbre de la poste, qui portait les dates des heures de levée et de distribution, ainsi que la date du jour.

Or, cette lettre, remise chez Lucien le

lendemain de la mort d'Esther, avait été sans nul doute écrite et jetée à la poste le jour de la catastrophe.

Maintenant on pourra juger de la stupéfaction de monsieur Camusot en lisant cette lettre, écrite et signée par celle qu'on croyait la victime d'un crime.

XXXVII

Assez !

ESTHER A LUCIEN.

Lundi, 13 mai 1830.

(Mon dernier jour, à dix heures du matin).

« Mon Lucien, je n'ai pas une heure à
» vivre. A onze heures, je serai morte, et
» je mourrai sans aucune douleur.

» J'ai payé cinquante mille francs une
» jolie petite groseille noire, contenant
» un poison qui tue avec la rapidité de
» l'éclair.

» Ainsi, ma biche, tu pourras te dire :
» Ma petite Esther n'a pas souffert... »

» Oui, je n'aurai souffert qu'en l'écri-
» vant ces pages.

» Ce monstre qui m'a si chèrement
» achetée, en sachant que le jour où je
» me regarderais comme à lui n'aurait
» pas de lendemain, Nucingen vient de
» partir, ivre comme un ours qu'on aurait
» grisé.

» Pour la première et la dernière fois

» de ma vie, j'ai pu comparer mon an-
» cien métier de fille de joie à la vie de
» l'amour, superposer la tendresse qui
» s'épanouit dans l'infini à l'horreur du
» devoir qui voudrait s'anéantir au point
» de ne pas laisser de place au baiser. Il
» fallait ce dégoût pour trouver la mort
» adorable... J'ai pris un bain.

» J'aurais voulu pouvoir faire venir le
» confesseur du couvent où j'ai reçu
» le baptême, pour me confesser et me
» laver l'âme. Mais c'est assez de prostitu-
» tion comme cela, ce serait profaner un
» sacrement, et je me sens d'ailleurs bai-
» gnée dans les eaux d'un repentir sin-
» cère. Dieu fera de moi ce qu'il voudra.

« Laissons toutes ces pleurnicheries , je
» veux être pour toi ton Esther jusqu'au
» dernier moment, ne pas t'ennuyer de
» ma mort, de l'avenir, du bon Dieu , qui
» ne serait pas bon, s'il me tourmentait
» dans l'autre vie, quand j'ai dévoré tant
» de douleurs dans celle-ci.

» J'ai ton délicieux portrait fait par ma-
» dame de Mirbel devant moi. Cette feuille
» d'ivoire me consolait de ton absence,
» je la regarde avec ivresse en t'écrivant
» mes dernières pensées, en te peignant
» les derniers battements de mon cœur.

» Je te mettrai sous ce pli le portrait,
» car je ne veux pas qu'on le pille ni qu'on
» le vende. La seule pensée de savoir ce

» qui a fait ma joie sous le vitrage d'un
» marchand, parmi des dames et des offi-
» ciers de l'empire ou des drôleries chi-
» noises, me donne la petite mort.

» Ce portrait, mon mignon, efface-le,
» ne le donne à personne... à moins que
» ce présent ne te rende le cœur de cette
» latte qui marche et qui porte des robes,
» de cette Clotilde de Grandlieu, qui te fe-
» ra des *noirs* en dormant, tant elle a les
» os pointus...

» Oui, j'y consens, je te serais encore
» bonne à quelque chose comme de mon
» vivant. Ah! pour te faire plaisir, ou si
» cela t'eût seulement faire rire, je me
» **serais tenue devant un brasier en ayant**

» dans la bouche une pomme pour te la
» cuire! Ma mort te sera donc utile en-
» core... J'aurais troublé ton ménage...

» Oh! cette Clotilde, je ne la comprends
» pas!

» Pouvoir être ta femme, porter ton
» nom, ne te quitter ni jour ni nuit, être
» à toi, et faire des façons! Il faut être du
» faubourg Saint-Germain pour cela! et
» n'avoir pas dix livres de chair sur les
» os...

» Pauvre Lucien, cher ambitieux man-
» qué, je songe à ton avenir. Va, tu re-
» gretteras plus d'une fois ton pauvre
» chien fidèle, cette bonne fille qui volait
» pour toi, qui se serait laissé traîner en

» cour d'assises pour assurer ton bonheur,
» dont la seule occupation était de rêver
» à tes plaisirs, de t'en inventer, qui avait
» de l'amour pour toi dans les cheveux,
» dans les pieds, dans les oreilles, enfin
» ta *ballerina*, dont tous les regards
» étaient autant de bénédictions; qui, du-
» rant six ans, n'a pensé qu'à toi, qui fut
» si bien ta chose que je n'ai jamais été
» qu'une émanation de ton âme, comme
» la lumière est celle du soleil. Mais en-
» fin, faute d'argent et d'honneur, hélas!
» je ne puis pas être ta femme...

» J'ai toujours pourvu à ton avenir en
» te donnant tout ce que j'ai... Viens aus-
» sitôt cette lettre reçue, et prends ce qui

II.   3

» sera sous mon oreiller, car je me défie
» des gens de la maison...

» Vois-tu, je veux être belle en morte;
» je me coucherai, je m'étendrai dans
» mon lit, je me poserai, quoi' Puis je
» presserai la groseille contre le voile du
» palais, et je ne serai défigurée ni par
» des convulsions, ni par une posture ri-
» dicule.

» Je sais que madame de Sérizy s'est
» brouillée avec toi, rapport à moi; mais
» vois-tu, mon chat, quand elle saura que
» je suis morte, elle te pardonnera, tu
» **la cultiveras**, elle te mariera bien, si

» lès Grandlieu persistent dans leurs re-
» fus.

» Mon Nini....., je ne veux pas que tu
» fasses de grands hélas en apprenant ma
» mort.

» D'abord., je dois te dire que l'heure
» d'onze heures du lundi 13 mai n'est que
» la terminaison d'une longue maladie
» qui a commencé le jour où, sur la ter-
» rasse de Saint-Germain, vous m'avez
» rejetée dans mon ancienne carrière.....

» On a mal à l'âme comme on a mal au
» corps. Seulement l'âme ne peut pas se
» laisser bêtement souffrir comme le
» corps, le corps ne soutient pas l'âme

» comme l'âme soutient le corps, et l'âme
» a le moyen de se guérir dans la réflexion
» qui fait recourir au litre de charbon
» des couturières.

  » Tu m'as donné tout une vie avant-
» hier, en me disant que si Clotilde te re-
» fusait encore, tu m'épouserais. C'eût été
» pour nous deux un grand malheur. Je
» serais morte davantage, pour ainsi dire ;
» car il y a des morts plus ou moins
» amères. Jamais le monde ne nous au-
» rait acceptés.

  » Voici deux mois que je réfléchis
» bien des choses, va !

» Une pauvre fille est dans la boue,
» comme j'y étais avant mon entrée au
» couvent; les hommes la trouvent belle,
» ils la font servir à leurs plaisirs en se
» dispensant d'égards , ils la renvoyent à
» pied après être allé la chercher en voi-
» ture; s'ils ne lui crachent pas à la figure,
» c'est qu'elle est préservée de cet outrage
» par sa beauté; mais, moralement, ils
» font pis.

» Eh bien! que cette fille hérite de cinq
» à six millions, elle sera recherchée par
» des princes, elle sera saluée avec respect
» quand elle passera dans sa voiture; elle
» pourra choisir parmi les plus anciens

» écussons de France et de Navarre. Ce
» monde, qui nous aurait dit raca en
» voyant deux beaux êtres unis et heu-
» reux, a constamment salué Madame de
» Staël, malgré ses romans en actions,
» parce qu'elle avait deux cent mille li-
» vres de rentes.

» Le monde, qui plie devant l'argent
» ou la gloire, ne veut pas plier devant le
» bonheur, ni devant la vertu; car j'au-
» rais fait du bien.... Oh! combien de lar-
» mes aurai-je séchées!... autant, je crois,
» que j'en ai versé!..... Oui, j'aurais voulu
» ne vivre que pour toi et pour la cha-
» rité.

» Voilà les réflexions qui me rendent
» la mort adorable.

» Ainsi ne fais pas de lamentations,
» mon bon chat! Dis-toi souvent : Il y a
» eu deux bonnes filles, deux belles créa-
» tures, qui toutes deux sont mortes pour
» moi, sans m'en vouloir, qui m'ado-
» raient; élève dans ton cœur un souvenir
» à Coralie, à Esther, et va ton train!

» Te souviens-tu du jour où tu m'as
» montré vieille, ratatinée, en capote vert-
» melon, en douillette puce à taches de
» graisse noire, la maîtresse d'un poète
» d'avant la Révolution, à peine réchauf-

» fée par le soleil, quoiqu'elle se fût mise
» en espalier aux Tuileries, et s'inquié-
» tant d'un horrible carlin, le dernier des
» carlins?

» Tu sais, elle avait eu des laquais, des
» équipages, un hôtel!...... je t'ai dit
» alors :

» — Il vaut mieux mourir à trente
» ans!

» Eh bien! ce jour-là, tu m'as trouvée
» pensive, tu as fait des folies pour me
» distraire; et, entre deux baisers, je t'ai
» dit encore :

» — Tous les jours les jolies femmes
» sortent du spectacle avant la fin !...

» Eh bien! je n'ai pas voulu voir la der-
» nière pièce, voilà tout....

» Tu dois me trouver bavarde, mais
» c'est mon dernier *ragôt*. Je t'écris com-
» me je te parlais, et je veux te parler
» gaîment. Les couturières qui se lamen-
» tent m'ont toujours fait horreur; tu sais
» que j'avais su *bien* mourir une fois déjà,
» à mon retour de ce fatal bal de l'Opéra,
» où l'on t'a dit que j'avais été fille!

» Oh! non, mon Nini, ne donne jamais
» ce portrait; si tu savais avec quels flots
» d'amour je viens de m'abîmer dans tes
» yeux en le regardant avec ivresse pen-
» dant une pause que j'ai faite.... tu pen-

» serais, en y reprenant l'amour que j'ai
» tâché d'incruster sur cet ivoire, que
» l'âme de ta biche aimée est là.

« Une morte qui demande l'aumône,
» en voilà du comique?..... Allons, il
» faut savoir se tenir tranquille dans sa
» tombe.

» Tu ne sais pas combien ma mort pa-
» raîtrait héroïque aux imbéciles, s'ils
» savaient que cette nuit Nucingen m'a
» offert deux millions si je voulais l'aimer
» comme je t'aimais.

» Il sera joliment volé, quand il saura
» que je lui ai tenu parole en crevant de
» lui.

» J'ai tout tenté pour continuer à res-
» pirer l'air que tu respires. J'ai dit à ce
» gros voleur :

» — Voulez-vous être aimé comme
» vous le demandez, je m'engagerai même
» à ne jamais revoir Lucien.....

» — Que faut-il faire? a-t-il demandé.

» — Donnez-moi deux millions pour
» lui....

» Non! si tu avais vu sa grimace? Ah!
» j'en aurais ri, si ça n'avait pas été si
» tragique pour moi.

» — Evitez-vous un refus? lui ai-je dit.

» Je le vois, vous tenez plus à deux mil-
» lions qu'à moi. Une femme est toujours
» bien aise de savoir ce qu'elle vaut, ai-je
» ajouté en lui tournant le dos.

» Ce vieux coquin saura dans quel-
» ques heures que je ne plaisantais
» pas.

» Qu'est-ce qui te fera comme moi ta
» raie dans les cheveux? Bah! je ne veux
» plus penser à rien de la vie, je n'ai plus
» que cinq minutes, je les donne à Dieu ;
» n'en sois pas jaloux, mon cher ange, je
» veux lui parler de toi, lui demander
» ton bonheur pour prix de ma mort et

» de mes punitions dans l'autre monde.

» Ça m'ennuie bien d'aller dans l'enfer,
» j'aurais voulu voir les anges pour savoir
» s'ils te ressemblent.....

» Adieu, mon ami, adieu! je te bénis
» de tout mon malheur.

» Jusque dans la tombe je serai :

« Ton ESTHER.

» Onze heures sonnent.

» J'ai fait ma dernière prière, je vais
» me coucher pour mourir.

» Encore une fois, adieu !

» Je voudrais que la chaleur de ma

» main laissât là mon âme comme j'y
» mets un dernier baiser, et je veux en-
» core une fois te nommer mon gentil
» minet, quoique tu sois la cause de la
» mort de ton

« ESTHER. »

XXXVIII

Où l'on voit que la justice est et doit être sans cœur.

Un mouvement de jalousie pressa le cœur du juge, en terminant la lecture de la seule lettre d'un suicide qu'il eût vue écrite avec cette gaîté, quoique ce fût une gaîté frébile et le dernier effort d'une tendresse aveugle.

— Qu'a-t-il donc de particulier pour être aimé ainsi!.... pensa-t-il, en répétant ce que disent tous les hommes qui n'ont pas le don de plaire aux femmes.

— S'il vous est possible de prouver non-seulement que vous n'êtes pas Jacques Collin, forçat libéré, mais encore que vous êtes bien réellement don Carlos Herrera, chanoine de Tolède, envoyé secret de sa Majesté Ferdinand VII, dit le juge à Jacques Collin, vous serez mis en liberté, car l'impartialité qu'exige mon ministère m'oblige à vous dire que je reçois à l'instant une lettre de la demoiselle Esther Gobseck, où elle avoue l'intention de se donner la mort, et où elle émet sur ses domestiques des soupçons qui paraissent les désigner comme étant les auteurs de la soustraction des sept cinquante mille francs.

En parlant, monsieur Camusot comparait l'écriture de la lettre avec celle du testament, et il fut évident pour lui que la lettre était bien écrite par la même personne qui avait fait le testament.

— Monsieur, vous vous êtes trop pressé de croire à nn crime, ne vous pressez pas de croire à un vol.

— Ah !.... dit Camusot en jetant un regard de juge sur le prévenu.

— Ne croyez pas que je me compromette en vous disant que cette somme peut se retrouver, reprit Jacques Collin,

II.   4

en faisant entendre au juge qu'il comprenait son soupçon.

» Cette pauvre fille était bien aimée par ses gens ; et, si j'étais libre, je me chargerais de chercher un argent qui maintenant appartient à l'être que j'aime le plus au monde, à Lucien !....

» Auriez-vous la bonté de me permettre de lire cette lettre, ce sera bientôt fait.... c'est là la preuve de l'innocence de mon cher enfant.... vous ne pouvez pas craindre que je l'anéantisse..... ni que j'en parle, je suis au secret.....

— Au secret !.... s'écria le magistrat, **vous n'y serez plus....**

» C'est moi qui vous prie d'établir le plus promptement possible votre état ; ayez recours à votre ambassadeur, si vous voulez....

Et il tendit la lettre à Jacques Collin.

Camusot était heureux de sortir d'embarras, de pouvoir satisfaire le procureur-général, Mesdames de Maufrigneuse et de Sérizy.

Néanmoins il examina froidement et curieusement la figure de son prévenu, pendant qu'il lisait la lettre de la courtisanne ; et, malgré la sincérité des sentiments qui s'y peignaient, il se disait :

— C'est pourtant bien là une physionomie de bagne !

— Voilà comme on l'aime !.... dit Jacques Collin en rendant la lettre....

Et il fit voir à Camusot une figure bai-
gnée de larmes.

— Si vous le connaissiez ! reprit-il,
c'est une âme si jeune, si fraîche, une
beauté si magnifique, un enfant, un poète.
On éprouve irrésistiblement le besoin de
se sacrifier à lui, de satisfaire ses moindres désirs. Ce cher Lucien est si ravis-
sant quand il est câlin...

— Allons, dit le magistrat en faisant en-

core un effort pour découvrir la vérité,
vous ne pouvez pas être Jacques Collin...

— Non , monsieur... répondit le forçat.

— Et Jacques Collin se fit plus que jamais don Carlos Herrera.

Dans son désir de terminer son œuvre,
il s'avança vers le juge , l'emmena dans
l'embrasure de la croisée, et prit les manières d'un prince de l'Eglise en prenant
le ton des confidences.

— J'aime tant cet enfant, monsieur,
que s'il fallait être le criminel pour qui

vous me prenez, afin d'éviter un désa-
grément à cet idole de mon cœur, je
m'accuserais, dit-il à voix basse. J'imite-
rais la pauvre fille qui s'est tuée à son profit.

» Aussi, monsieur, vous supplié-je de
m'accorder une faveur, c'est de mettre
Lucien en liberté sur-le-champ...

— Mon devoir s'y oppose, dit Camusot
avec bonhomie; mais, s'il est avec le ciel
des accommodements, la justice sait avoir
des égards, et, si vous pouvez me donner
de bonnes raisons... Parlez, ceci ne sera
pas écrit...

— Eh bien! reprit Jacques Collin, trom-

pé par la bonhomie de Camusot, je sais
tout ce que ce pauvre enfant souffre en ce
moment; il est capable d'attenter à s es
jours en se voyant en prison...

-- Oh! quant à cela, dit Camusot en
faisant un haut le corps.

— Vous ne savez pas qui vous obligez
en m'obligeant, ajouta Jacques Collin qui
voulut remuer d'autres cordes.

» Vous rendez service à un Ordre plus
puissant que des comtesses de Sérizy,
que des duchesses de Maufrigneuse, qui
ne vous pardonneront pas d'avoir eu dans
votre cabinet leurs lettres... dit-il en mon-

trant deux liasses parfumées. Mon Ordre
a de la mémoire.

— Monsieur! dit Camusot, assez. Cher-
chez d'autres raisons à me donner. Je me
dois autant au prévenu qu'à la vindicte
publique.

— Eh bien, croyez-moi, je connais Lucien; c'est une âme de femme, de poète et
de méridional, sans consistance ni volonté, reprit Jacques Collin, qui crut enfin avoir deviné que le juge leur était ac-
quis.

» Vous êtes certain de l'innocence de
ce jeune homme, ne le tourmentez pas,
ne le questionnez point; remettez-lui
cette lettre, annoncez-lui qu'il est l'hé-

ritier d'Esther, et rendez-lui la liberté...

» Si vous agissez autrement, vous en
serez au désespoir; tandis que si vous le
relaxez purement et simplement, je vous
expliquerai (gardez-moi au secret),
demain, ce soir, tout ce qui pourrait vous
sembler mystérieux dans cette affaire, et
les raisons de la poursuite acharnée
dont je suis l'objet; mais je risquerai ma
vie, on en veut à ma tête depuis cinq
ans...

» Lucien libre, riche et marié à Clotilde de Grandlieu, ma tâche ici bas est
accomplie, je ne défenderai plus ma
peau...

» Mon persécuteur est un espion de votre dernier roi...

— Ah! Corentin!

— Ah! il se nomme Corentin... je vous remercie... Eh bien! monsieur, voulez-vous me promettre de faire ce que je vous demande?...

— Un juge ne peut et ne doit rien promettre.

» Coquart! dites à l'huissier et aux gendarmes de reconduire le prévenu à la Conciergerie...

» Je donnerai des ordres pour que ce

soir vous soyez à la pistole, ajouta-t-il avec douceur, en faisant un léger salut de tête au prévenu.

XXXIX

Le juge reprend tous ses avantages.

Frappé de la demande que Jacques Collin venait de lui adresser, et se rappelant l'insistance qu'il avait mise à être interrogé le premier, en s'appuyant sur son état de maladie, Camusot reprit toute sa défiance.

En écoutant ses soupçons déterminés,
il vit le prétendu moribond allant, marchant comme un Hercule, ne faisant plus
aucune des singeries si bien jouées qui en
avaient signalé l'entrée.

— Monsieur !...

Jacques Collin se retourna.

— Mon greffier, malgré votre refus de
le signer, va vous lire le procès-verbal de
votre interrogatoire.

Le prévenu jouissait d'une admirable
santé ; le mouvement par lequel il vint
s'asseoir près du greffier fut un dernier
trait de lumière pour le juge.

— Vous avez été promptement guéri ?
dit Camusot.

— Je suis pincé, pensa Jacques Collin.

Puis, il répondit à haute voix :

— La joie, monsieur, est la seule pa-
nacée qui existe. Cette lettre, la preuve
d'une innocence dont je ne doutais pas. ..
voilà le grand remède.

Le juge suivit son prévenu d'un regard
pensif lorsque l'huissier et les gendarmes
l'entourèrent; puis, il fit le mouvement
d'un homme qui se réveille, et jeta la
lettre d'Esther sur le bureau de son greffier.

— Coquart, copiez cette lettre !...

LX

Mélancolie particulière aux juges 'dinstruction.

S'il est dans la nature de l'homme de se défier de ce qu'on le supplie de faire, quand la chose demandée est contre ses intérêts ou contre son devoir, souvent même quand elle lui est indifférente, ce

II.   5

sentiment est la loi du juge d'instruction.

Plus le prévenu, dont l'état n'était pas
encore fixé., fit apercevoir des nuages à
l'horizon dans le cas où Lucien serait interrogé, plus cet interrogatoire parut nécessaire à Camusot.

Cette formalité n'eût pas été, d'après le
Code et les usages indispensables, qu'elle
était exigée par la question de l'identité
de l'abbé Carlos.

Dans toutes les carrières, il existe une
conscience de métier. A défaut de curio-
sité, Camusot aurait questionné Lucien
par honneur de magistrat comme il ve-

nait de questionner Jacques Collin, en déployant les ruses que se permet le magistrat le plus intègre. Le service à rendre, son avancement, tout passait chez Camusot après le désir de savoir la vérité, de la deviner, quitte à la taire.

Il jouait du tambour sur les vitres en s'abandonnant au cours fluviatile de ses conjectures, car alors la pensée est comme une rivière qui parcourt mille contrées. Amans de la vérité, les magistrats sont comme les femmes jalouses, ils se livrent à mille suppositions et les fouillent avec le poignard du soupçon, comme le sacrificateur antique éventrait les victimes; puis ils s'arrêtent, non pas au vrai,

mais au probable, et ils finissent par en-
trevoir le vrai. Une femme interroge un homme aimé comme le juge interroge un criminel. En de telles dispositions, un éclair, un mot, une inflexion
de voix, une hésitation suffisent pour
indiquer le fait, la trahison, le crime
caché.

« — La manière dont il vient de pein-
» dre son dévoûment à son fils (si c'est
» son fils) me ferait croire qu'il s'est trou-
» vé dans la maison de cette fille pour
» veiller au grain ; et, ne se doutant pas
» que l'oreiller de la morte cachait un
» testament, il aura pris, pour son fils,
» les sept cent cinquante mille francs, *par*
» *provision !...*

» Voilà la raison de sa promesse de
« faire retrouver la somme. Monsieur de
, Rubempré se doit à lui-même et doit à
» la justice d'éclaircir l'état civil de son
» père...

» Et me promettre la protection de son
, Ordre (son Ordre !), si je n'interroge pas
» Lucien !... »

Il resta sur cette pensée.

Comme on vient de le voir, un magistrat instructeur dirige un interrogatoire à
son gré. Libre à lui d'avoir la finesse ou
d'en manquer. Un interrogatoire, ce n'est
rien et c'est tout. Là git la faveur.

Camusot sonna, l'huissier était revenu.

Il donna l'ordre d'aller chercher monsieur Lucien de Rubempré, mais en re-
commandant qu'il ne communiquât avec
qui que ce fût pendant le trajet.

Il était alors deux heures après-midi.

« — Il y a un secret, se dit en lui-même
» le juge, et ce secret doit être bien impor-
» tant. Le raisonnement de mon amphibie,
» qui n'est ni prêtre, ni séculier, ni forçat,
» ni Espagnol, mais qui ne veut pas lais-
» ser sortir de la bouche de son protégé
» quelque parole terrible, est ceci :

« Le poëte est faible, il est femme; il

» n'est pas comme moi, qui suis l'Hercule
» de la diplomatie, et vous lui arracherez
» facilement notre secret ! »

Eh ! bien, nous allons tout savoir de
l'innocent !... »

Et il continua de frapper le bord de sa
table avec son couteau d'ivoire, pendant
que son greffier copiait la lettre d'Es-
ter.

Combien de bizarreries dans l'usage de
nos facultés ! Camusot supposait tous les
crimes possibles, et passait à côté du seul
que le prévenu avait commis, le faux testament au profit de Lucien.

Que ceux dont l'envie attaque la posi-

tion des magistrats veuillent bien songer
à cette vie passée en des soupçons conti-
nuels, à ces tortures imposées par ces
gens à leur esprit, car les affaires civiles
ne sont pas moins tortueuses que les instructions criminelles, et ils penseront peut-
être que le prêtre et le magistrat ont un
harnais également lourd, également garni de pointes à l'intérieur.

Toute profession d'ailleurs a son cilice
et ses casse-têtes chinois.

XLI

Dangers que court l'innocence au Palais.

Vers deux heures, monsieur Camusot vit entrer Lucien de Rubempré, pâle, défait, les yeux rouges et gonflés, enfin dans un état d'affaissement qui lui permit de comparer la nature à l'art, le moribond vrai au moribond de théâtre.

Le trajet fait de la Conciergerie au cabinet du juge, entre deux gendarmes pré-
cédés d'un huissier, avait porté le désespoir à son comble chez Lucien. Il est dans
l'esprit du poète de préférer un supplice à
un jugement.

En voyant cette nature entièrement dé-
nuée du courage moral qui fait hésiter le
juge et qui venait de se manifester si puis-
samment chez l'autre prévenu, monsieur
Camusot eut pitié de cette facile victoire,
et ce mépris lui permit de porter des
coups décisifs, en lui laissant cette affreuse
liberté d'esprit qui distingue le tireur,
quand il s'agit d'abattre des poupées.

— Remettez-vous, monsieur de Ru-

bempré, vous êtes en présence d'un magistrat empressé de réparer le mal que
fait involontairement la justice par une
arrestation préventive, quand elle est sans
fondement.

» Je vous crois innocent, vous allez être
libre immédiatement. Voici la preuve de
votre innocence : une lettre gardée par
votre portière en votre absence, et qu'elle
vient d'apporter.

» Dans le trouble causé par la descente
de la justice et par la nouvelle de votre
arrestation à Fontainebleau, cette femme
avait oublié cette lettre, qui vient de mademoiselle Esther Gobseck...

» Lisez !

Lucien prit la lettre, la lut et fondit en larmes. Il sanglotta sans pouvoir articuler une parole.

Après un quart d'heure, temps pendant lequel Lucien eut beaucoup de peine à retrouver de la force, le greffier lui présenta la copie de la lettre et le pria de signer un :

Pour copie conforme à l'original à présenter à première réquisition, tant que durera l'instruction du procès.

En lui offrant de collationner; mais Lu-

cien s'en rapporta naturellement à la parole de Coquart, quant à l'exactitude.

— Monsieur, dit le juge d'un air plein
de bonhomie, il est néanmoins difficile de
vous mettre en liberté sans avoir rempli
nos formalités et sans vous avoir adressé
quelques questions... C'est presque comme
témoins que je vous requiers de répondre.

» A un homme comme vous, je croirais
presque inutile de faire observer que le
serment de dire toute la vérité n'est pas
ici seulement un appel à votre conscience,
mais encore une nécessité de votre position, ambiguë pour quelques instants

» La vérité ne peut rien sur vous, quelle qu'elle soit; mais le mensonge vous enverrait en cour d'assises, et me forcerait à vous faire reconduire à la Conciergerie; tandis qu'en répondant franchement à mes questions vous coucherez ce soir chez vous, et vous serez réhabilité par cette nouvelle que publieront les journaux : « Monsieur de Rubempré, arrêté » hier à Fontainebleau, a été sur-le-champ » élargi après un très court interroga- » toire. »

Ce discours produisit une vive impression sur Lucien.

En voyant les dispositions de son prévenu, le juge ajouta :

— Je vous le répète, vous étiez soup-
çonné de complicité dans un meurtre par
empoisonnement sur la personne de la
demoiselle Esther : il y a preuve de son
suicide, tout est dit ; mais on a soustrait
une somme de sept cent cinquante mille
francs qui dépend de la succession, et
vous êtes l'héritier: il y a là malheureusement un crime.

Ce crime a précédé la découverte du
testament.

» Or, la justice a des raisons de croire
qu'une personne qui vous aime autant que
vous aimait cette demoiselle Esther s'est
permis ce crime à votre profit...

— Ne m'interrompez pas, dit Camusot

en imposant par un geste silence à Lucien, qui voulait parler, je ne vous interroge pas encore.

» Je veux vous faire bien comprendre
combien votre honneur est interressé
dans cette question. Abandonnez le faux,
le misérable point d'honneur qui lie entre eux les complices, et dites toute la vérité?

On a dû déjà remarquer l'excessive
disproportion des armes dans cette lutte
entre les prévenus et les juges d'instruction.

Certes la négation habilement ma-
niée a pour elle l'absolue de sa forme et
suffit à la défense du criminel; mais c'est
en quelque sorte une panoplie qui devient

écrasante, quand le style de l'interroga-
tion y trouve un oint.

Dès que la dénégation est insuffisante
contre certains faits évidents, le prévenu
se trouve entièrement à la discrétion du
juge.

Supposez maintenant un demi-crimi-
nel, comme Lucien, qui, sauvé d'un premier naufrage de sa vertu, pourrait
s'amender et devenir utile à son pays; il
périra dans les traquenards de l'instruction.

Le juge rédige un procès-verbal très
sec, une analyse fidèle des questions et
des réponses; mais de ses discours insi-
dieusement paternels, de ses remontran-

ces captieuses dans le genre de celle-ci,
rien n'en reste.

Les juges de la juridiction supérieure
et les jurés voient les résultats sans con-
naître les moyens: Aussi selon quelques
bons esprits, le jury serait-il excellent,
comme en Angleterre, pour procéder à
l'instruction.

La France a joui de ce système pendant un certain temps. Sous le code de
brumaire an IV, cette institution s'appelait le jury d'accusation par opposition
au jury du jugement.

Quant au procès définitif, si l'on en revenait aux jurys d'accusation, il devrait être attribué aux cours royales, sans concours de jurés.

XLII

Où tous ceux qui ont fait des fautes trembleront de compararoir devant un tribunal quelconque.

— Maintenant, dit Camusot après une pause, comment vous appelez-vous? Monsieur Coquart, attention!... dit-il au greffier.

— Lucien Chardon de Rubempré.

— Vous êtes né?...

— A Angoulême...

Et Lucien donna le jour, le mois et l'année.

— Vous n'avez pas eu de patrimoine?

— Aucun.

— Vous avez néanmoins fait, pendant un premier séjour à Paris, des dépenses considérables, relativement à votre peu de fortune?

— Oui, monsieur; mais, à cette époque, j'ai eu dans mademoiselle Coralie une amie excessivement dévouée et que j'ai eu le malheur de perdre. Ce fut le chagrin causé par cette mort qui me ramena dans mon pays.

— Bien, monsieur, dit Camusot. Je vous loue de votre franchise, elle sera bien appréciée.

Lucien entrait comme on le voit, dans la voie d'une confession générale.

— Vous avez fait des dépenses bien plus considérables encore à votre retour d'Angoulême à Paris, reprit Camusot; vous avez vécu comme un homme qui aurait environ soixante mille francs de rentes.

— Oui, monsieur...

— Qui vous fournissait cet argent?

— Mon protecteur, l'abbé Carlos Herrera.

— Où l'avez-vous connu?

— Je l'ai rencontré sur la grande
route, au moment où j'allais me débarra-
ser de la vie par un suicide.

— Vous n'aviez jamais entendu parler de lui dans votre famille, à votre
mère?...

— Jamais.

— Votre mère ne vous a jamais dit
avoir rencontré l'Espagnol?

— Jamais.

— Pouvez-vous rappeler le mois, l'an-

née où vous vous êtes lié avec la demoiselle Esther ?

— Vers la fin de 1823, à un petit théâtre du boulevard.

— Elle a commencé par vous coûter de
l'argent ?

— Oui, monsieur.

— Dernierement, dans le désir d'épou-
ser mademoiselle de Grandlieu, vous avez
acheté les restes du château de Rubempré, vous y avez joint des terres pour un
million, vous avez dit à la famille Grandlieu que votre sœur et votre beau-frère
venaient de faire un héritage considérable et que vous deviez ces sommes à leur
libéralité...

» Avez-vous dit cela, monsieur, à la famille Grandlieu.

— Oui, monsieur.

— Vous ignorez la cause de la rupture de votre mariage?

— Entièrement, monsieur.

— Eh bien! la famille de Grandlieu a envoyé chez votre beau-frère un des plus respectables avoués de Paris pour prendre des renseignements.

»A Angoulême, l'avoué, d'après les aveux même de votre sœur et de votre beau-frère, a su que non seulement ils vous avaient prêté peu de chose, mais encore

que leur héritage se composait d'immeubles assez importants, il est vrai, mais la
somme des capitaux s'élevait à peine à
deux cent mille francs.

» Vous ne devez pas trouver étrange
qu'une famille comme celle de Grandlieu
recule devant une fortune dont l'origine
ne se justifie pas...

» Voilà, monsieur, où vous a conduit
un mensonge...

Lucien fut glacé par cette révélation, et
le peu de force d'esprit qu'il conservait
l'abandonna.

— La police et la justice savent tout ce

qu'elles veulent savoir, dit Camusot, son-
gez bien à ceci.

» Maintenant, reprit-il, en pensant à la
qualité de père que s'était donnée Jacques
Collin, connaissez-vous qui est ce prétendu Carlos Herrera?

— Oui, monsieur, mais je l'ai su trop
tard.

— Comment, trop tard? Expliquez-
vous !

-- Ce n'est pas un prêtre, ce n'est pas
un Espagnol, c'est...

-- Un forçat évadé, dit vivement le
juge.

-- Oui, répondit Lucien.

» Quand le fatal secret me fut révélé, j'étais son obligé, j'avais cru me lier avec un respectable ecclésiastique.

— Jacques Collin... dit le juge en commençant une phrase.

— Oui, Jacques Collin, répéta Lucien, c'est son nom.

— Bien. Jacques Collin, reprit monsieur Camusot, vient d'être reconnu tout à l'heure par une personne; et s'il nie encore son identité, c'est, je crois, dans votre intérêt.

» Mais je vous demandais si vous saviez

qui cet homme était, dans le but de relever une autre imposture de Jacques Collin.

Lucien eut aussitôt comme un fer rouge dans les entrailles, en entendant cette terrifiante observation.

— Ignorez-vous, dit le juge en continuant, qu'il prétend être votre père, pour justifier l'extraordinaire affection dont vous êtes l'objet?

— Lui mon père!..... oh! monsieur!..... il a dit cela!...

— Soupçonnez-vous d'où provenaient les sommes qu'il vous remettait? car, s'il faut en croire la lettre que vous avez entre les mains, la demoiselle Esther, cette pauvre fille, vous aurait rendu plus tard les mêmes services que la demoiselle Coralie; mais vous êtes resté comme vous venez de le dire, pendant quelques années à vivre, et très splendidement, sans rien recevoir d'elle.

— C'est à vous, monsieur, que je demanderai de me dire, s'écria Lucien, où les forçats puisent de l'argent!... Un Jacques Collin mon père!... Oh! ma pauvre mère!

Et il fondit en larmes.

— Greffier, donnez lecture au prévenu de la partie de l'interrogatoire du prétendu Carlos Herrera dans laquelle il s'est dit le père de Lucien de Rubempré.

Le poète écouta cette lecture dans un silence et dans une contenance qui firent peine à voir.

— Je suis perdu! s'écria-t-il.

— On ne se perd pas dans la voie de l'honneur et de la vérité, dit le juge.

— Mais vous traduirez Jacques Collin en cour d'assises? demanda Lucien.

— Certainement, répondit Camusot, qui voulut continuer à faire causer Lucien.

» Achevez votre pensée.

XLIII

Les deux morales.

Mais, malgré les efforts et les remontrances du juge, Lucien ne répondit plus.

La réflexion était venue trop tard, comme chez tous les hommes qui sont esclaves de la sensation. Là est la différence entre le poète et l'homme d'action : l'un se livre au sentiment pour le reproduire en images vives, il ne juge qu'après ; tandis que l'autre juge et sent à la fois.

Lucien resta morne, pâle ; il se voyait au fond du précipice où l'avait fait rouler 1e juge d'instruction, à la bonhomie de qui, lui poéte, il s'était laissé prendre.

Il venait de trahir non pas son bienfaiteur, mais son complice qui, lui, avait défendu leur position avec un courage de lion, avec une habileté toute d'une pièce.

Là où Jacques Collin avait tout sauvé

par son audace, Lucien, l'homme d'esprit, avait tout perdu par son intelligence et par son défaut de réflexion. Ce mensonge infâme et qui l'indignait servait de paravent à une plus infâme vérité.

Confondu par la subtilité du juge, épouvanté par sa cruelle adresse, par la rapidité des coups qu'il lui avait portés en se servant des fautes d'une vie mise à jour comme de crocs pour fouiller sa conscience, Lucien, était là semblable à l'animal que le billot de l'abattoir a manqué. Libre et innocent, à son entrée dans ce cabinet ; en une heure, il se trouvait criminel par ses propres aveux.

Enfin, dernière raillerie sérieuse, le

juge, calme et froid, faisait observer à Lucien que ses révélations étaient le fruit d'une méprise.

Camusot pensait à la qualité de père prise par Jacques Collin, tandis que Lucien, tout entier à la crainte de voir son alliance avec un forçat évadé devenir publique, avait imité la célèbre inadvertance des meurtriers d'Ibicus.

L'une des gloires de Royer-Collard est d'avoir proclamé le triomphe constant des sentiments naturels sur les sentiments imposés, d'avoir soutenu la cause de l'antériorité des serments, en prétendant que la loi de l'hospitalité, par exemple, devait

lier au point d'annuler la vertu du serment judiciaire.

Il a confessé cette théorie à la face du
monde, à la tribune française ; il a courageusement vanté les conspirateurs, il
a montré qu'il était humain d'obéir à l'a—
mitié plutôt qu'à des lois tyranniques ti-
rées de l'arsenal social pour telle ou telle
circonstance.

Enfin le droit naturel a des lois qui
n'ont jamais été promulguées et qui sont
plus efficaces , mieux connues que celles
forgées par la société.

Lucien venait de méconnaître, et à son

II.   6

détriment, la loi de solidarité qui l'obligeait à se taire et à laisser Jacques Collin se défendre; bien plus, il l'avait chargé! Dans son intérêt, cet homme devait être pour lui, et toujours, Carlos Herrera.

Monsieur Camusot jouissait de son triomphe, il tenait deux coupables, il avait abattu sous la main de la justice l'un des favoris de la mode, et trouvé l'introuvable Jacques Collin. Il allait être proclamé l'un des plus habiles juges d'instruction.

Aussi laissait-il son prévenu tranquillle; mais il étudiait ce silence de consternation, il voyait les gouttes de sueur s'accroître sur ce visage décomposé, grossir et tomber enfin mêlés à deux ruisseaux de larmes.

XLVI

Le coup de massue.

— Pourquoi pleurer, monsieur de Rubempré! vous êtes, comme je vous l'ai dit,
l'héritier de Mademoiselle Esther, qui n'a-
vait pas d'héritiers, ni collatéraux ni di-
rects, et sa succession monte à près de

huit millions, si l'on retrouve les sept
cent cinquante mille francs égarés, dit Camusot après une pause.

Ce fut le dernier coup pour le coupable.

De la tenue pendant dix minutes,
comme le disait Jacques Collin dans son
billet, et Lucien atteignait au but de tous
ses désirs! Il s'acquittait avec Jacques
Collin, il s'en séparait, il devenait riche,
il épousait mademoiselle de Grandlieu.

Rien ne démontre plus éloquemment
que cette scène la puissance dont sont ar-
més les juges d'instruction par l'isolement

ou par la séparation des prévenus , et le prix d'une communication comme celle qu'Asie avait faite à Jacques Collin.

— Ah! monsieur, répondit Lucien avec l'amertume et l'ironie de l'homme qui se fait un piédestal de son malheur accompli, comme on a raison de dire dans votre langage : *subir un interrogatoire!*...

Entre la torture physique d'autrefois et la torture morale d'aujourd'hui, je n'hésiterais pas pour mon compte, je préférerais les souffrances qu'infligeait jadis le bourreau. Que voulez-vous encore de moi? reprit-il avec fierté.

— Ici, monsieur, dit le magistrat deve-

nant rogue et narquois, pour répondre à
l'orgueil du poéte, moi seul ai le droit de
poser des questions.

— J'avais le droit de ne pas répondre,
dit en murmurant le pauvre Lucien, à qui
son intelligence était revenue dans toute
sa netteté.

— Greffier, lisez au prévenu son interrogatoire...

— Je redeviens un prévenu! se dit Lucien.

Pendant que le commis lisait, Lucien
prit une résolution qui l'obligeait à cares-
ser monsieur Camusot. Quand le murmure

de la voix de Coquart cessa , le poète eut
le tressaillement d'un homme qui dort
pendant un bruit auquel ses organes se
sont accoutumés et qu'alors le silence sur-
prend.

— Vous avez à signer le procès-verbal
de votre interrogatoire, dit le juge.

— Et me mettez-vous en liberté ? demanda Lucien, devenant ironique à son
tour.

— Pas encore, répondit Camusot; mais
demain, après votre confrontation avec
Jacques Collin, vons serez sans doute libre.

» La justice doit savoir maintenant si

vous êtes ou non complice des crimes que peut avoir commis cet individu depuis son évasion, qui date de 1820.

» Néanmoins, vous n'êtes plus au se-cret. Je vais écrire au directeur de vous mettre dans la meilleure chambre de la pistole.

— Y trouverai-je ce qu'il faut pour écrire?...

— On vous y fournira tout ce que vous demanderez, j'en ferai donner l'ordre par l'huissier qui va vous reconduire.

Lucien signa machinalement le procès-verbal, et il en parapha les renvois en obéissant aux indications de Coquart avec la douceur de la victime résignée.

Un seul détail en dira plus sur l'état où il se trouvait qu'une peinture minutieuse.

L'annonce de sa confrontation avec Jacques Collin avait séché sur sa figure les gouttelettes de sueur, ses yeux secs brillaient d'un éclat insupportable.

Enfin il devint, en un moment rapide comme l'éclair, ce qu'était Jacques Collin, un homme de bronze.

Chez les gens dont le caractère ressemble à celui de Lucien, et que Jacques Collin avait si bien analisé, ces passages subits d'un état de démoralisation complète à un état quasi métallique, tant les forces humaines se tendent, sont les plus éclatans phénomènes de la vie des idées.

La volonté revient, comme l'eau disparue d'une source; elle s'infuse dans l'appareil préparé pour le jeu de sa substance constitutive inconnue; et, alors le cadavre se fait homme, et l'homme s'élance plein de force à des luttes suprêmes.

— C'est un profond scélérat! dit le juge à son greffier, pour se venger du mépris écrasant que le poète venait de

lui témoigner. Il a cru se sauver en li-
vrant son complice.

— Des deux, dit Coquart timidement,
le forçat est le plus corsé.

XLV

Le juge à la torture.

— Je vous rends votre liberté pour aujourd'hui, Coquart dit le juge. En voilà bien assez.

» Renvoyez les gens qui attendent, en les prévenant de revenir demain.

» Ah! vous irez sur-le-champ chez
monsieur le procureur général, savoir
s'il est dans son cabinet, s'il y est, demandez un moment d'audience pour moi.
Oh! Il y sera, reprit-il après avoir regardé l'heure à une méchante horloge en
bois peint en vert et à filets dorés. Il est
quatre heures moins un quart.

Les interrogatoires, qui se lisent si rapidement, étant entièrement écrits, les
demandes aussi bien que les réponses
prennent un temps énorme.

C'est une des causes de la lenteur des
instructions criminelles et de la durée
des détentions préventives. Pour les petits,
c'est la ruine; pour les riches, c'est la

honte; car pour eux un élargissement immédiat répare, autant qu'il peut être réparé, le malheur d'une arrestation.

Voilà pourquoi les deux scènes qui viennent d'être fidèlement reproduites avaient employé tout le temps consumé par Asie à déchiffrer les ordres du maître à faire sortir une duchesse de son boudoir et à donner de l'énergie à madame de Sérizy.

En ce moment, Camusot, qui songeait à tirer parti de son habileté, prit les deux interrogatoires, les relut et se proposait de les montrer au procureur général, en lui demandant son avis.

II. 9

Pendant la délibération à laquelle il se livrait, son huissier revint pour lui dire que le valet de chambre de madame la comtesse de Sérizy voulait absolument lui parler.

Sur un signe de Camusot un valet de chambre, vêtu comme un maître, entra regarda l'huissier et le magistrat alternativement, et dit :

— C'est bien à monsieur Camusot que j'ai l'honneur...

— Oui, répondirent le juge et l'huissier.

Camusot prit une lettre que lui tendit le domestique, et lut ce qui suit :

« Dans bien des intérêts que vous comprendrez, mon cher Camusot, n'interrogez pas monsieur de Rubempré; nous vous apportons les preuves de son innocence, afin qu'il soit immédiatement élargi.

« D. DE MAUFRIGNEUSE, L. DE SÉRIZY.

« P. S. Brûlez cette lettre devant le porteur. »

Camusot comprit qu'il avait fait une énorme faute en tendant des piéges à Lucien, et il commença par obéir aux deux grandes dames. Il alluma une bougie et détruisit la lettre écrite par la duchesse.

Le valet de chambre salua respectueu-
sement.

—Madame de Sérizy va donc venir? de-
manda-t-il.

— On attelait, répondit le valet de
chambre.

En ce moment, Coquart vint apprendre
à monsieur Camusot que le procureur général l'attendait.

Sous le poids de la faute qu'il avait
commise contre son ambition au profit de
la justice, le juge chez qui sept ans d'exercice avaient développé la finesse dont est
pourvu tout homme qui s'est mesuré
avec des grisettes, en faisant son droit,
voulut avoir des armes contre le ressen-
timent des deux grandes dames.

La bougie à laquelle il avait brûlé la
lettre étant encore allumée, il s'en servit
pour cacheter les trente billets de la duchesse de Maufrigneuse à Lucien et la
correspondance assez volumineuse de
madame de Sérizy.

Puis il se rendit chez le procureur général.

XLVI

Monsieur le procureur général.

Le Palais de Justice est un amas confus de constructions superposées les unes aux autres, les unes pleines de grandeur, les autres mesquines, et qui se nuisent entre elles par un défaut d'ensemble.

La salle des Pas-Perdus est la plus grande des salles connues; mais sa nudité fait horreur et décourage les yeux. Cette vaste cathédrale de la chicane écrase la cour royale.

Enfin, la galerie marchande mène à deux cloaques. Dans cette galerie, on remarque un escalier à double rampe, un peu plus grand que celui de la police correctionnelle, et sous lequel s'ouvre une grande porte à deux battants. L'escalier conduit à la cour d'assises, et la porte inférieure à une seconde cour d'assises.

Il se rencontre des années où les cri-

mes commis dans le département de la
Seine exigent deux sessions.

C'est par là que se trouvent le parquet
du procureur général, la chambre des
avocats, leur bibliothèque, les cabinets des
avocats généraux, des substituts du procureur général.

Tous ces locaux, car il faut se servir
d'un terme générique, sont unis par de
petits escaliers de moulin, par des corri-
dors sombres qui sont la honte de l'ar-
chitecture, celle de la ville de Paris et
celle de la France.

Dans ses intérieurs, la première de nos
justices souveraines surpasse les prisons

dans ce qu'elles ont de hideux. Le peintre de mœurs reculerait devant la nécessité de décrire l'ignoble couloir d'un mètre de largeur où se tiennent les témoins, à la cour d'assises supérieure.

Quant au poèle qui sert à chauffer la salles des séances, il déshonorerait un café du boulevard Montparnasse.

Le cabinet du procureur général est pratiqué dans un pavillon octogone qui flanque le corps de la galerie marchande, et pris récemment, par rapport à l'âge du Palais, sur le terrain du préau attenant au quartier des femmes.

Toute cette partie du Palais de Justice

est obombrée par les hautes et magnifiques constructions de la Saint-Chapelle. Aussi est-ce sombre et silencieux.

Monsieur de Granville, digne successeur des grands magistrats du vieux Parlement, n'avait pas voulu quitter le Palais sans une solution dans l'affaire de Lucien. Il attendait des nouvelles de Camusot, et le message du juge le plongea dans cette rêverie involontaire que l'attente cause aux esprits les plus fermes.

Il était assis dans l'embràsure de la croisée de son cabinet; il se leva, se mit à marcher de long en long, car il avait trouvé le matin Camusot, sur le passage duquel il s'était mis. Peu compréhensif, il avait des inquiétudes vagues, il souffrait.

Voici pourquoi la dignité de ses fonctions lui défendait d'attenter à l'indépendance absolue du magistrat inférieur, et il s'agissait dans ce procès de l'honneur, de la considération de son meilleur ami, de l'un de ses plus chauds protecteurs, le comte de Sérizy, ministre d'Etat, membre du conseil privé, le vice-président du Conseil-d'Etat, le futur chancelier de France, au cas où le noble vieillard qui remplissait ces augustes fonctions viendrait à mourir.

Monsieur de Sérizy avait le malheur d'adorer sa femme *quand même,* il la couvrait toujours de sa protection; or, le procureur général devinait bien l'affreux tapage que ferait dans le monde et à la cour la culpabilité d'un homme dont le nom avait été si souvent marié malignement à celui de la comtesse.

— Ah! se disait-il en se croisant les bras, autrefois le pouvoir avait la ressource des évocations... Notre manie d'égalité (il n'osait pas dire de *légalité*, comme l'a courageusement avoué dernièrement un poète à la chambre) tuera ce temps-ci...

Ce digne magistrat connaissait l'entraînement et les malheurs des attachements illicites. Esther et Lucien avaient repris, comme on l'a vu, l'appartement où le comte de Granville avait vécu maritalement et secrètement avec mademoiselle de Bellefeuille, et d'où elle s'était enfuie un jour, enlevée par un misérable.

Au moment où le procureur général se disait : Camusot nous aura fait quelque sottise! le juge d'instruction frappa deux coups à la porte du cabinet.

— Eh! bien, mon cher Camusot, comment va l'affaire dont je vous parlais ce matin?

— Mal, monsieur le comte, lisez et jugez-en vous-même...

Il tendit les deux procès-verbaux des

interrogatoires à monsieur de Granville,
qui prit son lorgnon et alla lire dans l'embrasure de la croisée.

Ce fut une lecture rapide.

— Vous avez fait votre devoir, dit le
procureur général d'une voix émue. Tout
est dit, la justice aura son cours...

» Vous avez fait preuve de trop d'habileté
pour qu'on se prive jamais d'un juge d'instruction tel que vous...

Monsieur de Granville aurait dit à Camusot :

— Vous resterez pendant toute votre
vie juge d'instruction!... il n'aurait pas été

plus explicite que dans sa phrase compli-
menteuse. Camusot eut froid dans les entrailles.

— Madame la duchesse de Maufrigneuse, à qui je dois beaucoup, m'avait
prié...

— Ah! la duchesse de Maufrigneuse!...
dit Granville en interrompant le juge, c'est
vrai...

» Vous n'avez cédé, je le vois, à aucune influence. Vous avez bien fait,
monsieur, vous serez un grand magistrat.

XVLII

Est-il trop tard ?

En ce moment le comte Octave de Bauvan ouvrit sans frapper, et dit au comte
de Granville :

— Mon cher, je t'amène une jolie femme qui ne savait où donner de la tête,

, elle allait se perdre dans notre laby-
rinthe...

Et le comte Octave tenait par la main
la comtesse de Sérizy.

— Vous ici, madame ! s'écria le procureur général en avançant son propre fau-
teuil, et dans quel moment !...

» Voici monsieur Camusot, madame,
dit-il en montrant le juge.

» Bauvan, reprit-il en s'adressant à cet
illustre orateur ministériel de la restauration, attends-moi chez le premier pré-
sident, il est encore chez lui, je t'y re-
joins.

Le comte Octave de Bauvan comprit que
non-seulement il était de trop, mais encore que le procureur général voulait
avoir une raison de quitter son cabinet.

Madame de Sérizy n'avait pas commis
la faute de venir au Palais dans son magnifique coupé à manteau bleu armorié,
avec son cocher galonné et ses deux va-
lets en culotte courte et en bas de soie
blancs.

Au moment de partir, Asie avait envoyé chercher un fiacre.

Asie avait également ordonné de faire
cette toilette qui, pour les femmes, est ce

qu'était autrefois le manteau couleur muraille pour les hommes. La comtesse portait une redingote brune, un vieux châle
noir et un chapeau de velours, dont les
fleurs arrachées avaient été remplacées
par un voile de dentelle noire très
épais.

— Vous avez reçu notre lettre... dit-
elle à Camusot, dont l'hébêtement l'éton-
nait.

— Trop tard, hélas! madame la comtesse, répondit le juge, qui n'avait de tact
et d'esprit que dans son cabinet, contre
ses prévenus.

— Comment! trop tard?

Elle regarda monsieur de Granville, et

vit la consternation peinte sur sa figure.

— Il ne peut pas être encore trop tard!
ajouta-t-elle avec une intonation de des-
pote.

XLVIII

Tout ce que font les femmes à Paris.

Les femmes, les jolies femmes, posées comme l'était madame de Sérizy, sont les enfants gâtés de la civilisation française. Si les femmes des autres pays savaient ce qu'est à Paris une femme à la mode, riche et titrée, elles penseraient toutes à venir jouir de cette royauté magnifique.

Les femmes vouées aux seuls liens de leur bienséance, à ce qu'il faut appeler le Code Femelle, se moquent des lois que les hommes ont faites.

Elles disent tout, elles ne reculent devant aucune faute, aucune sottise; car elles ont toutes admirablement bien compris qu'elles ne sont responsables de rien, excepté de leur honneur féminin et de leurs enfants. Elles disent en riant les plus grandes énormités.

A propos de tout elles répètent le mot de la jolie madame de Bauvan, dans les premiers temps de son mariage, à son mari qu'elle était venue chercher au Palais.

— Dépêches-toi de juger, et viens!

— Madame, dit le procureur général, monsieur Lucien de Rubempré n'est coupable ni de vol, ni d'empoisonnement; mais monsieur Camusot lui a fait avouer un crime plus grand que ceux-là!...

— Quoi? demanda-t-elle.

— Il s'est reconnu, lui dit le procureur général à l'oreille, l'ami, l'élève d'un forçat évadé. L'abbé Carlos Herrera, cet Espagnol qui demeurait depuis environ sept

ans avec lui, serait le fameux Jacques
Collin...

Madame de Sérizy recevait autant de
coups de barre de fer que le magistrat disait de paroles.

— Et la morale de ceci?... dit-elle.

— Est, reprit monsieur de Granville
en continuant la phrase de la comtesse et
en parlant à voix base, que le forçat sera
traduit aux assises, et que si Lucien n'y
comparaît pas à ses côtés comme ayant
profité sciemment des vols de cet homme,
il y viendra comme témoin gravement
compromis...

· – Ah! ça, jamais!... s'écria-t-elle tout haut avec une incroyable fermeté.

» Quant à moi, je n'hésiterais pas entre la mort et la perspective de voir un homme que le monde a regardé comme mon meilleur ami déclaré judiciairement le camarade d'un forçat... Le roi aime beaucoup mon mari.

— Madame, dit en souriant et à haute voix le procureur général, le roi n'a pas le moindre pouvoir sur le plus petit juge d'instruction de son royaume. Là est la grandeur de nos institutions nouvelles. Moi-même je viens de féliciter monsieur Camusot de son habileté...

— De sa maladresse, reprit vivement la comtesse, que les accointances de Lucien avec un bandit inquiétaient bien moins que sa liaison avec Esther.

— Si vous lisiez les interrogatoires que monsieur Camusot a fait subir aux deux prévenus, vous verriez que tout dépend de lui...

Après cette phrase, la seule que le procureur général pouvait se permettre, et après un regard d'une finesse féminine, il se dirigea vers la porte de son cabinet.

Puis il ajouta sur le seuil, en se retournant :

— Pardonnez-moi, madame, j'ai deux mots à dire à Bauvan...

Ceci, dans le langage du monde, signifiait pour la comtesse :

Je ne veux pas être témoin de ce qui va se passer entre vous et Camusot.

XLIX

Tout ce que peuvent les femmes à Paris.

-- Qu'est-ce que c'est que ces interrogatoires? dit alors Léóntine avec douceur à Camusot resté tout penaud devant la femme d'un des plus grands personnages de l'Etat.

—Madame, répondit Camusot, un greffier met par écrit les demandes du juge et les réponses des prévenus; le procès-verbal est signé par le greffier, par le juge et par les prévenus. Ces procès-verbaux sont les éléments de la procédure, ils déterminent l'accusation et le renvoi des accusés devant la cour d'assises.

— Eh bien! reprit-elle, si l'on supprimait ces interrogatoires?

— Ah! madame, ce serait un crime pour le magistrat...

—C'est un crime bien plus grand de les avoir écrits; mais, en ce moment, c'est la seule preuve contre Lucien.

» Voyons, lisez-moi son interrogatoire ,
afin de savoir s'il nous reste quelque
moyen de nous sauver tous ; il ne s'agit
pas seulement de moi, qui me donnerais
froidement la mort, il s'agit aussi du bonheur de monsieur de Sérizy.

— Madame, dit Camusot, ne croyez pas
que j'aie oublié les égards que je vous de-
vais, et si monsieur Popinot, par exemple,
avait été commis à cette instruction, vous
eussiez été plus heureuse que vous ne l'ê-
tes avec moi.

» Tenez, madame, on a tout saisi chez
monsieur Lucien, même vos lettres,..

— Oh! mes lettres!

— Les voici, cachetées, dit le magistrat.

La comtesse, dans son trouble, sonna comme si elle eût été chez elle, et le garçon de bureau du procureur général entra.

— De la lumière ? dit-elle.

Le garçon alluma une bougie et la mit sur la cheminée, pendant que la comtesse reconnaissait ses lettres, les comptait, les chiffonnait et les jetait dans le foyer. Bientôt la comtesse mit le feu, en se servant de la dernière lettre tortillée comme d'une torche.

Camusot regardait flamber les papiers

assez niaisement, en tenant à la main ses deux procès-verbaux. La comtesse, qui paraissait uniquement occupée d'anéantir les preuves de sa tendresse, observait le juge du coin de l'œil.

Elle prit son temps, elle calcula ses mouvements, et, avec une agilité de chatte, elle saisit les deux interrogatoires et les lança dans le feu; mais Camusot les y reprit, la comtesse s'élança sur le juge et ressaisit les papiers enflammés.

Il s'en suivit une lutte pendant laquelle Camusot criait :

—Madame! madame! vous attentez à... madame...

Un homme s'élança dans le cabinet, et la comtesse ne put retenir un cri en reconnaissant le comte de Sérizy, suivi de messieurs de Grandville et de Bauvan.

Néanmoins Léontine, qui voulait sauver à tout prix Lucien, ne lâchait point les terribles papiers timbrés qu'elle tenait avec une force de tenailles, quoique la flamme eut déjà produit sur sa peau délicate l'effet des moxas.

Enfin Camusot, dont les doigts étaient également atteints par le feu, parut avoir honte de cette situation, il abandonna les papiers; il n'en restait plus que la portion serrée par les mains des deux lutteurs, et que le feu n'avait pu mordre.

Cette scène s'était passée en un laps de temps moins considérable que le moment d'en lire le récit.

L

Histoire de rire.

— De quoi pouvait-il s'agir entre vous et madame de Sérizy? demanda le ministre d'état à Camusot.

Avant que le juge ne répondit, la comtesse alla présenter les papiers à la bou-

gie et les jeta sur les fragments de ses
lettres que le feu n'avait pas entièrement
consumées.

— J'aurais, dit Camusot, à porter plainte
contre madame la comtesse.

— Et qu'a-t-elle fait? demanda le procureur général, en regardant alternativement la comtesse et le juge.

— J'ai brûlé les interrogatoires, répondit en riant la femme à la mode, si
heureuse de son coup de tête qu'elle ne
sentait pas encore ses brûlures.

» Si c'est un crime, eh! bien, monsieur
peut recommencer ses affreux griboul-
lages.

— C'est vrai, répondit Camusot en essayant de retrouver sa dignité.

— Hé! bien, tout est pour le mieux, dit le procureur général.

» Mais, chère comtesse, il ne faudrait pas prendre souvent de pareilles libertés avec la magistrature, elle pourrait ne pas voir qui vous êtes.

— Monsieur Camusot résistait bravement à une femme à qui rien ne résiste, l'honneur de la robe est sauvé! dit en riant le comte de Bauvan.

— Ah! monsieur Camusot résistait?... dit en riant le procureur général, il est très fort...

En ce moment, ce grave attentat devint une plaisanterie de jolie femme, et dont riait Camusot lui-même.

Le procureur général aperçut alors un homme qui ne riait pas.

Justement effrayé par l'attitude et la physionomie du comte de Sérizy, monsieur de Grandville le prit à part.

— Mon ami, lui dit-il à l'oreille, ta douleur me décide à transiger pour la première et seule fois de ma vie avec mon devoir.

Le magistrat sonna, son garçon de bureau vint.

— Allez au bureau de *la Gazette des Tribunaux* dire à maître Massol de venir, s'il s'y trouve.

— Mon cher maître, reprit le procureur général en attirant Camusot dans l'embrasure de la croisée, allez dans votre cabinet, refaites avec un greffier l'interrogatoire de l'abbé Carlos Herréra qui, n'étant pas signé de lui, peut se recommencer sans inconvénient.

» Vous confronterez demain *ce diplomate espagnol* avec messieurs de Rastignac et Bianchon, qui ne reconnaîtront pas en lui notre Jacques Collin. Sûr de sa mise en liberté, l'abbé signera les interrogatoires.

» Mettez dès ce soir en liberté Lucien de Rubempré. Certes ce n'est pas lui qui parlera de l'interrogatoire dont le procès-verbal est supprimé...

» *La Gazette des Tribunaux* annoncera demain la mise en liberté immédiate de ce jeune homme.

» Maintenant, voyons si la justice souffre de ces mesures? Si l'Espagnol est le forçat, nous avons mille moyens de le reprendre, de lui faire son procès, car nous allons éclaircir diplomatiquement sa conduite en Espagne : Corentin est là...

» Pouvons-nous tuer le comte, la comtesse de Sérizy, Lucien, pour un vol de sept cent cinquante mille francs, encore

hypothétique et commis d'ailleurs au pré-
judice de Lucien ? Ne vaut-il pas mieux
lui laisser perdre cette somme que de le
perdre de réputation ?... surtout quand il
entraîne dans sa chute un ministre d'E-
tat, sa femme et la duchesse de Maufrigneuse...

» Ce jeune homme est une orange
tachée, ne la pourrissez pas.

» Ceci est l'affaire d'une demi-heure.
Allez, nous vous attendons. Il est quatre
heures et demie, vous trouverez encore
des juges; avertissez-moi, si vous pouvez
avoir une ordonnance de non-lieu en rè-
gle... ou bien Lucien attendra jusqu'à demain.

II.   12

Camusot sortit après avoir salué; mais madame de Sérizy, qui sentait alors vivement les atteintes du feu, ne lui rendit pas son salut.

Monsieur de Sérizy, qui s'était élancé subitement hors du cabinet pendant que le procureur général parlait au juge, re-

vint alors avec un petit pot de cire vierge,
et pansa les mains de sa femme, en lui
disant à l'oreille :

— Léontine, pourquoi venir ici sans
me prévenir !

— Pauvre ami ! lui répondit-elle à l'o-
reille, pardonnez-moi, je parais folle;
mais il s'agissait de vous autant que de
moi.

— Aimez ce jeune homme, si la fatalité
le veut, mais ne laissez pas tant voir votre
passion !... répondit le pauvre mari.

— Allons, chère comtesse, dit mon-

sieur de Grandville après avoir causé pendant quelque temps avec le comte Octave, j'espère que vous emmènerez monsieur de Rubempré dîner chez vous, ce
soir.

Cette quasi-promesse produisit une
telle réaction sur madame de Sérizy,
qu'elle pleura.

— Je croyais ne plus avoir de larmes,
dit-elle en souriant. Ne pourriez-vous pas,
reprit-elle, faire attendre ici monsieur de
Rubempré?...

— Je vais tâcher de trouver des huis-
siers pour nous l'amener, afin d'éviter

qu'il soit accompagné de gendarmes, répondit monsieur de Grandville.

— Vous êtes bon comme Dieu ! répondit-elle au procureur-général avec une effusion qui rendit sa voix une musique divine.

— C'est toujours ces femmes-là, se dit le comte Octave, qui sont délicieuses, irrésistibles !...

Et il eut un accès de mélancolie, en pensant à sa femme.

LI

Où le dandy et le poète se retrouvent.

Pendant que jolies femmes, ministres, magistrats, conspiraient tous pour sauver Lucien, voici ce qui se passait à la Conciergerie.

En passant par le guichet, Lucien avait

dit au greffe que monsieur Camusot lui permettait d'écrire, et il demanda des plumes, de l'encre et du papier, qu'un surveillant eut aussitôt l'ordre de lui porter, sur un mot dit à l'orelle du directeur par l'huissier de Camusot.

Pendant le peu de temps que le surveillant mit à chercher et à monter chez Lucien ce qu'il attendait, ce pauvre jeune homme, à qui l'idée de sa confrontation avec Jacques Collin était insupportable, tomba dans une de ces méditations fatales où l'idée du suicide, à laquelle il avait déjà cédé sans avoir pu l'accomplir, arrive à la manie.

Selon quelques grands médecins *alié-*

nistes, le suicide chez certaines organisations, est la terminaison d'une aliénation
mentale; or, depuis son arrestation, Lucien en avait fait une idée fixe.

La lettre d'Esther, relue plusieurs fois,
augmenta l'intensité de son désir de mourir, en lui remettant en mémoire le
dénoûment de Roméo rejoignant Ju-
liette.

Voici ce qu'il écrivit :

CECI EST MON TESTAMENT :

« *A la Conciergerie, ce 15 mai 1830.*

« Je soussigné, donne et lègue aux en-
» fants de ma sœur, madame Eve Char-

» don, femme de David Séchard, ancien
» imprimeur à Angoulême, et de mon-
» sieur David Séchard, la totalité des
» biens meubles et immeubles qui m'ap-
» partiendront au jour de mon décès, dé-
» duction faite des paiements et des legs
» que je prie mon exécuteur testamen-
» taire d'accomplir.

» Je supplie monsieur de Sérizy d'ac-
» cepter la charge d'être mon exécuteur
» testamentaire.

» Il sera payé :

» 1° À monsieur l'abbé Carlos Her-
» rera la somme de trois cents mille
» francs;

» 2° A monsieur le baron de Nucingen,
» celle de quatorze cent mille francs,
» qui sera réduite de sept cent cinquante
» mille francs, si les sommes soustraites
» chez mademoiselle Esther se retrou-
» vent.

» Je donne et lègue, comme héritier
» de mademoiselle Esther Gobseck, une
» somme de sept cent soixante mille
» francs aux hospices de Paris, pour fon-
» der un asile spécialement consacré aux
» filles publiques qui voudront quitter
» leur carrière de vice et de perdi-
» tion.

» En outre, je lègue aux hospices la

» somme nécessaire à l'achat d'une ins-
» cription de rentes de trente mille francs
» en cinq pour cent. Les intérêts annuels
» seront employés, par chaque semestre,
» à la délivrance des prisonniers pour
» dettes dont les créances s'élèveront au
» maximum à deux mille francs.

» Les administrateurs des hospices
» choisiront parmi les plus honorables
» détenus pour dettes.

» Je prie monsieur de Sérizy de con-
» sacrer une somme de quarante mille
» francs à un monument à élever au ci-
» metière de l'Est à mademoiselle Esther,

» et je demande à être inhumé auprès
» d'elle.

» Cette tombe devra être faite comme
» les anciens tombeaux; elle sera carrée;
» nos deux statues en marbre blanc se-
» ront couchées sur le couvercle, les têtes
» appuyées sur des coussins, les mains
» jointes et levées vers le ciel.

» Cette tombe n'aura aucune inscrip-
» tion.

» Je prie monsieur le comte de Sérizy
» de remettre à monsieur Eugène de Ra-
» tignac la toilette en or qui se trouve
» chez moi, comme souvenir.

» Enfin, à ce titre, je prie mon exé-
» cuteur testamentaire d'agréer le don
» que je lui fais de ma bibliothè-
» que.

» Lucien Chardon de Rubempré. »

Ce testament fut enveloppé dans une lettre adressée à monsieur le comte de Grandville, procureur général de la cour royale de Paris, et ainsi conçue :

« Monsieur le comte,

» Je vous confie mon testament.

» Quand vous aurez déplié cette lettre,
je ne serai plus.

» Dans le désir de recouvrer ma li-
» berté, j'ai répondu si lâchement à des
» interrogations captieuses de monsieur
» Camusot, que, malgré mon innocence,
» je puis être mêlé dans un procès in-
» fâme.

» En me supposant acquitté, sans blâ-
» me, la vie serait encore impossible

» pour moi, d'après les susceptibilités du
» monde.

» Remettez, je vous prie, la lettre ci-
» incluse à l'abbé Carlos Herrera sans
» l'ouvrir, et faites parvenir à monsiéur
» Camusot la rétractation en forme que je
» joins sous ce pli.

» Je ne pense pas qu'on ose attenter
» au cachet d'un paquet qui vous est des-
» tiné.

» Dans cette confiance, je vous dis
» adieu, vous offrant pour la dernière
» fois mes respects et vous priant de
» croire qu'en vous écrivant je vous donne
» une marque de ma reconnaissance pour

» toutes les bontés que vous avez eues
» pour votre serviteur.

» LUCIEN DE R. »

A L'ABBÉ CARLOS HERRERA.

« Mon cher abbé,

» Je n'ai reçu que des bienfaits de vous,
» et je vous ai trahi. Cette ingratitude in-
» volontaire me tue, et, quand vous lirez
» ces lignes, je n'existerai plus; vous ne
» serez plus là pour me sauver.

» Vous m'aviez donné pleinement le

» droit, si j'y trouvais un avantage, de
» vous perdre en vous jetant à terre com-
» me un bout de cigare; mais j'ai disposé
» de vous sottement.

» Pour sortir d'embarras, séduit par
» une captieuse demande du juge d'ins-
» truction, votre fils spirituel, celui que
» vous aviez adopté, s'est rangé du côté
» de ceux qui veulent vous assassiner à
» tout prix, en voulant faire croire à une
» identité que je sais impossible entre
» vous et un scélérat français. Tout est
» dit.

» Entre un homme de votre puissance
» et moi, de qui vous avez voulu faire un

» personnage plus grand que je ne pou-
» vais l'être, il ne saurait y avoir de niai-
» series échangées au moment d'une sé-
» paration suprême.

» Vous m'avez voulu faire puissant et
» glorieux, vous m'avez précipité dans les
» abîmes du suicide, voilà tout. Il y a
» longtemps que je voyais venir le vertige
» pour moi.

» Il y a là postérité de Caïn et celle
» d'Abel, comme vous disiez quelquefois.
» Caïn, dans le grand drame de l'Huma-
» nité, c'est l'opposition. Vous descendez
» d'Adam par cette ligne en qui le diable
» a continué de souffler le feu dont la

» première étincelle avait été jetée sur

» Ève.

» Parmi les démons de cette filiation,
» il s'en trouve, de temps en temps, de
» terribles, à organisations vastes, qui
» résument toutes les forces humaines,
» et qui ressemblent à ces fiévreux ani-
» maux du désert dont la vie exige les
» espaces immenses qu'ils y trouvent.

» Ces gens-là sont dangereux dans la
» société comme les lions le seraient en
» pleine Normandie : il leur faut une pâ-
» ture, ils dévorent les hommes vulgaires
» et broutent les écus des niais; leurs
» jeux sont si périlleux qu'ils finissent

» par tuer l'humble chien dont ils se sont
» fait un compagnon, une idole.

» Quand Dieu le veut, ces êtres mysté-
» rieux sont Moïse, Attila, Charlemagne,
» Robespierre ou Napoléon; mais quand
» il laisse rouiller au fond de l'océan
» d'une génération ces instruments gi-
» gantesques, ils ne sont plus que Pu-
» gatcheff, Fouché, Louvel et l'abbé Carlos
» Herrera.

» Doués d'un immense pouvoir sur les
» âmes tendres, ils les attirent et les
» broient. C'est grand, c'est beau dans
» son genre. C'est la plante vénéneuse
» aux riches couleurs qui fascine les en-

» fants dans les bois. C'est là poésie du
» mal.

» Des hommes comme vous autres
» doivent habiter des antres, et n'en pas
» sortir.

» Tu m'as fait vivre de cette vie gigan-
» tesque, et j'ai bien mon compte de
» l'existence. Ainsi, je puis retirer ma
» tête des nœuds gordiens de ta politi-
» que, pour la donner au nœud coulant
» de ma cravate.

» Pour réparer ma faute, je transmets
» au procureur général une rétractation
» de mon interrogatoire; vous verrez à
» tirer parti de cette pièce.

» Par le vœu d'un testament en bonne
» forme, on vous rendra, monsieur l'ab-
» bé, les sommes appartenant à votre
» Ordre, desquelles vous avez disposé
» imprudemment pour moi, par suite de
» la paternelle tendresse que vous m'avez
» portée.

» Adieu donc, adieu, grandiose statue
» du mal et de la corruption, adieu, vous
» qui, dans la bonne voie, eussiez été
» plus que Ximenès, plus que Richelieu ;
» vous avez tenu vos promesses : je me
» retrouve au bord de la Charente, après
» vous avoir dû les enchantements d'un
» rêve ; mais, malheureusement, ce n'est
» plus la rivière de mon pays où j'allais

» noyer les peccadilles de la jeunesse ;

». c'est la Seine, et mon trou, c'est un ca-

» banon de la Conciergerie.

» Ne me regrettez pas : mon mépris

» pour vous était égal à mon admira-

» ration.

» LUCIEN. »

DÉCLARATION.

« Je soussigné, déclare rétracter en-

» tièrement ce que contient l'interroga-

» toire que m'a fait subir aujourd'hui

» monsieur Camusot.

» L'abbé Carlos Herrera se disait ordi-
» nairement mon père spirituel, et j'ai
» dû me tromper à ce mot pris dans un
» autre sens par le juge, sans doute par
» erreur.

» Je sais que, dans un but politique et
» pour anéantir des secrets qui concer-
» nent les cabinets d'Espagne et des Tui-
» leries, des agents obscurs de la diplo-
» matie essayaient de faire passer l'abbé
» Carlos Herrera pour un forçat nommé
» Jacques Collin; mais l'abbé Carlos Her-
» rera ne m'a jamais fait d'autre confi-
» dence à cet égard que celles de ses ef-

» forts pour se procurer les preuves du
» décès ou de 'l'existence de ce Jacques
» Collin.

» A la Conciergerie, ce 15 mai 1830.

» Lucien de Rubempré. »

LII

Difficultés du suicide en prison.

La fièvre du suicide communiquait à Lucien une grande lucidité d'idées et cette activité de main que connaissent les auteurs en proie à la fièvre de la composition.

Ce mouvement fut tel chez lui, que ces quatre pièces furent écrites dans l'espace d'une demi-heure.

Il en fit un paquet, le ferma par des pains à cacheter, y mit, avec la force que donne le délire, l'empreinte d'un cachet à ses armes qu'il avait au doigt, et il le plaça très visiblement au milieu du plancher, sur le carreau.

Certes, il était difficile de porter plus de dignité dans la situation fausse où tant d'infamie avait plongé Lucien : il sauvait sa mémoire de tout opprobre, et il réparait le mal fait à son complice, autant que l'esprit du dandy pouvait annuler les effets de la confiance du poète.

Si Lucien avait été placé dans un des cabanons des secrets, il se serait heurté contre l'impossibilité d'y accomplir son dessein, car ces boîtes en pierre de taille n'ont pour mobilier qu'une espèce de lit de camp et un baquet destiné à d'impérieux besoins. Il ne se trouve pas un clou, pas une chaise, pas même un escabeau.

Le lit de camp est si solidement scellé qu'il est impossible de le déplacer sans un travail dont s'apercevrait facilement

lé surveillant, car le judas en fer est toujours ouvert.

Enfin, lorsque le prévenu donne des
craintes, il est surveillé par un gendarme
où par un agent.

Dans les chambres de la pistole, et
dans celle où Lucien avait été mis par
suite des égards que le juge voulut témoigner à un jeune homme appartenant à la
haute société parisienne, le lit mobile, la
table et la chaise peuvent donc servir à
l'exécution d'un suicide, sans néanmoins le rendre facile.

Lucien portait une longue cravate
noire en soie; et, en revenant de l'instruction, il songeait déjà à la manière

dont Pichegru s'était, plus ou moins volontairement, donner la mort.

Mais pour se pendre il faut trouver un point d'appui et un espace assez considérable entre le corps et le sol pour que les pieds ne rencontrent rien.

Or la fenêtre de sa cellule donnant sur le préau n'avait point d'espagnolette, et les barreaux de fer scellés à l'extérieur étant séparés de Lucien par l'épaisseur de la muraille, ne lui permettraient pas d'y prendre un point d'appui.

Voici le plan que sa faculté d'invention suggéra rapidement à Lucien pour consommer son suicide.

Si la hotte appliquée à la baie ôtait à Lucien la vue du préau, cette hotte empêchait également les surveillants de voir ce qui se passait dans sa cellule ; or, si dans la partie inférieure de la fenêtre les vitres avaient été remplacées par deux fortes planches, la partie supérieure. conservait, dans chaque moitié, de petites vitres séparées et maintenues par les traverses qui les encadrent.

En montant sur la table, Lucien pouvait atteindre à la partie vitrée de sa fenêtre, en détacher deux verres ou les casser, de manière à trouver dans le coin de la première traverse un point d'appui solide. Il se proposait d'y passer sa cravate, de faire sur lui-même une révolution pour la serrer autour de son cou, après l'avoir

bien nouée, et de repousser la table loin
de lui d'un coup de pied.

Donc, il approcha la table de la fenêtre
sans faire de bruit, il quitta sa redingote
et son gilet, puis il monta sur la table
sans aucune hésitation pour trouver deux
vitres au-dessus et au-dessous du premier bâton.

Quand il fut sur la table, il put alors jeter
les yeux sur le préau, spectacle magique
qu'il entrevit pour la première fois.

Le directeur de la conciergerie ayant
recu de monsieur Camusot la recomman-
dation d'agir avec les plus grands égards
avec Lucien, l'avait fait conduire, comme

on l'a vu, par les communications inté-
rieures de la Conciergerie, dont l'entrée
est dans le souterrain obscur qui fait face
à la tour d'Argent, en évitant ainsi de
montrer un jeune homme élégant à la
foule des accusés qui se promènent dans
le préau.

On va juger si l'aspect de ce prome-
noir est de nature à saisir vivement une
âme de poète.

LIII

Une hallucination.

Le préau de la Conciergerie est borné
sur le quai par la tour d'Argent et par la
tour Bonbec; or, l'espace qui les sépare
indique parfaitement au dehors la largeur du préau.

La galerie, dite de Saint-Louis, qui mène de la galerie marchande à la cour de cassation et à la tour Bonbec, où se trouve encore, dit-on, le cabinet de saint Louis, peut donner aux curieux la mesure de la longueur du préau, car elle en répète la dimension.

Les **secrets** et les pistoles se trouvent donc sous la galerie marchande.

Aussi la reine Marie-Antoinette, dont le cachot est sous les secrets actuels, était-elle conduite au tribunal révolutionnaire, qui tenait ses séances dans le local de l'audience solennelle de la cour de cassation, par un escalier formidable pratiqué

dans l'épaisseur des murs qui soutiennent
la galerie marchande, et aujourd'hui con•
damné.

L'un des côtés du préau, celui dont le
premier étage est occupé par la galerie de
Saint-Louis, présente aux regards une
enfilade de colonnes gothiques entre les-
quelles les architectes, de je ne sais
quelle époque, ont pratiqué deux étages
de cabanons pour loger le plus d'accusés
possible, en empâtant de plâtre, de grilles
et de scellements les chapitaux, les ogi-
ves et les fûts de cette galerie magnifique.

Sous le cabinet dit de Saint-Louis, dans

la tour Bonbec, tourne un escalier en co-
limaçon qui mène à ces cabanons. Cette
prostitution des plus grands souvenirs de
la France est d'un effet hideux.

A la hauteur où Lucien se trouvait, son
regard prenait en écharpe cette galerie et
les détails du corps de logis qui réunit
la tour d'Argent à la tour Bonbec, il
voyait les toits pointus des deux tours. Il
resta tout ébahi, son suicide fut retardé
par son admiration.

Aujourd'hui les phénomènes de l'hallu-
cination sont si bien admis par la méde-
cine, que ce mirage de nos sens, cette
étrange faculté de notre esprit n'est plus
contestable. L'homme, sous la pression
d'un sentiment arrivé au point d'être une

monomanie à cause de son intensité, se trouve souvent dans la situation où le plongent l'opium, le hatchisch et le pro-toxide d'azote. Alors apparaissent les spectres, les fantômes, alors les rêves prennent du corps, les choses détruites revivent dans leurs conditions pre-mières.

Ce qui dans le cerveau n'était qu'une idée devient une créature animée.

La science en est à croire aujourd'hui que, sous l'effort des passions à leur pa-roxisme, le cerveau s'injecte de sang, et que cette congestion produit des jeux ef-frayants de rêve dans l'état de veille, tant on répugne à considérer la pensée com-me une force vive.

Lucien vit le palais dans toute sa beauté primitive:

La colonnade fut svelte, jeune, fraîche. La demeure de Saint-Louis reparut telle qu'elle fut; il en admirait les proportions babyloniennes et les fantaisies orientales. Il accepta cette vue sublime comme un poétique adieu de la création civilisée.

En prenant ses mesures pour mourir, il se demandait comment cette merveille existait inconnue dans Paris.

Il était deux Lucien, un Lucien poète en promenade dans le moyen-âge, sous

les arcades et sous les tourelles de Saint-
Louis, et un Lucien apprêtant son suicide.

LIV

Un drame dans la vie d'une femme à la mode.

Au moment où monsieur de Grandville sortit de son cabinet, le directeur de la Conciergerie y entrait, et l'expression de cette physionomie était telle, que le procureur général rentra.

D'ailleurs le directeur avait à la main un paquet, et lui disait :

— Voici, monsieur, un paquet de lettres pour vous, qui vient d'un prévenu dont le triste sort m'amène...

— Serait-ce monsieur Lucien de Rubempré?...

Demanda monsieur de Grandville, saisi par une angoisse affreuse.

— Oui, monsieur.

» Le surveillant du préau a entendu un bruit de carreaux cassés, à la pistole, et le voisin de monsieur Lucien a jeté des

cris perçants, car il entendait l'agonie de
ce pauvre jeune homme.

›Le surveillant est revenu pâle du spectacle qui s'est offert à ses yeux, il a vu le
prévenu pendu à la croisée au moyen de
sa cravate.

Quoique le directeur parlât à voix
basse, le cri terrible que poussa madame
de Sérizy prouva que, dans les circons-
tances suprêmes, nos organes ont une
puissance incalculée.

La comtesse entendit ou devina; mais,
avant que monsieur de Grandville se fût
retourné, sans que ni monsieur de Sérizy,
ni monsieur de Bauvan ne pussent s'op-

poser à des mouvements si rapides, elle fila comme un trait par la porte, et parvint à la galerie marchande, où elle courut jusqu'à l'escalier qui descend à la rue de la Barillerie.

Un avocat déposait sa robe à la porte d'une de ces boutiques qui pendant si longtemps encombrèrent cette galerie, où l'on vendait des chaussures, où l'on louait des robes et des toques. La comtesse demanda le chemin de la Conciergerie.

— Descendez et tournez à gauche, l'entrée est sur le quai de l'Horloge, la première arcade.

— Cette femme est folle... dit la marchande, il faudrait la suivre.

Personne n'aurait pu suivre Léontine, elle volait.

Un médecin expliquerait comment ces femmes du monde, dont la force est sans emploi, trouvent dans les crises de la vie de telles ressources.

Elle se précipita par l'arcade vers le guichet avec tant de célérité, que le gendarme en faction ne la vit pas entrer. Elle s'abattit comme une plume poussée par un vent furieux à la grille, elle en secoua les barres de fer avec tant de fureur, qu'elle arracha celle qu'elle avait saisie.

Elle s'enfonça les deux morceaux sur la poitrine, d'où le sang jaillit, et elle tomba criant :

— Ouvrez! ouvrez! d'une voix qui glaça les surveillants.

Le porte-clefs accourut.

— Ouvrez! je suis envoyée par le procureur général, *pour sauver le mort!*...

Pendant que la comtesse faisait le tour par la rue de la Barillerie et par le quai de l'Horloge, monsieur de Grandville et monsieur de Sérizy descendaient à la Conciergerie par l'intérieur du Palais, en devinant l'intention de la comtesse. Mais, malgré leur diligence, ils arrivèrent au moment où elle tombait évanouie à la première grille, et qu'elle était relevée par les gendarmes descendus de leur corps-de-garde.

A l'aspect du directeur de la Conciergerie, on ouvrit le guichet, on transporta la comtesse dans le greffe; mais elle se dressa sur ses pieds et tomba sur ses genoux en joignant les mains.

— Le voir!... le voir!... Oh! messieurs, je ne ferai pas de mal! mais si vous ne voulez pas me voir mourir là... laissez-moi regarder Lucien, mort ou vivant...

» Ah! tu es là, mon ami, choisis entre ma mort ou...

Elle s'affaissa.

— Tu es bon, reprit-elle. Je t'aime-
rai!...

—Emportons-la... dit monsieur de Bauvan.

— Non, allons à la cellule où est Lucien! reprit monsieur de Grandville en
lisant dans les yeux égarés de monsieur
Sérizy ses intentions.

Et il saisit la comtesse, la releva, la
prit sous un bras, tandis que monsieur de Bauvan la prenait sous l'autre.

— Monsieur! dit monsieur de Sérizy

au directeur, un silence de mort sur tout ceci.

— Soyez tranquille, répondit le directeur. Vous avez pris un bon parti.

» Cette dame...

— C'est ma femme.

— Ah! pardon, monsieur.

» Eh bien! elle s'évanouira certainement en voyant le jeune homme, et pendant son évanouissement on pourra l'emporter dans une voiture.

— C'est ce que j'ai pensé, dit le comte; envoyez un de vos hommes dire à mes

gens, cour du Harlay, de venir au guichet,
il n'y a que ma voiture là...

— Nous pouvons le sauver, disait la
comtesse en marchant avec un courage et
une force qui surprirent ses gardes. Il y a
des moyens de rendre à la vie...

Et elle entraînait les deux magistrats,
en criant au surveillant :

— Allez donc, allez donc plus vite,
une seconde vaut la vie de trois personnes !

Quand la porte de la cellule fut ou-
verte, et que la comtesse aperçut Lucien
pendu comme si ses vêtements eussent

été mis à un porte-manteau, d'abord elle fit un bond vers lui pour l'embrasser et le saisir; mais elle tomba la face sur le carreau de la cellule, en jetant des cris étouffés par une sorte de râle.

Cinq minutes après, elle était emportée par la voiture du comte vers son hôtel, couchée en long sur un coussin, son mari à genoux devant elle.

Le comte de Bauvan était allé chercher un médecin pour porter les premiers secours à la comtesse.

LV

Comment tout finit.

Le directeur de la Conciergerie examinait la grille extérieure du guichet, et disait à son greffier :

— On n'a rien épargné ! les barres de fer sont forgées, elles ont été essayées, on a payé cela très cher, et il y avait une paille dans ce barreau là...

Le procureur général, revenu chez lui, disait à Massol, qu'il trouva l'attendant dans l'antichambre du parquet :

— Monsieur, mettez ce que je vais vous dicter dans le numéro de demain de votre gazette, à l'endroit où vous donnez les nouvelles judiciaires; vous ferez la tête de l'article.

Et il dicta ceci :

« On a reconnu que la demoiselle Es-
» ther s'est donnée volontairement la
» mort.

» L'alibi bien constaté de monsieur de
» Rubempré, son innocence, ont d'au-
» tant plus fait déplorer son arrestation,
» qu'au moment où le juge d'instruction
» donnait l'ordre de l'élargir, ce jeune
» homme est mort subitement. »

— Votre avenir, monsieur, dit le magistrat à Massol, dépend de votre discrétion sur le petit service que je vous
demande, ajouta monsieur de Grandville.

— Puisque monsieur le procureur général me fait l'honneur d'avoir confiance
en moi, je prendrai la liberté, répondit
Massol, de lui présenter une observation.

» Cette note inspirera des commen-
taires injurieux sur la justice.

— La justice est assez forte pour les
supporter, répliqua le magistrat.

— Permettez, monsieur le comte, on
peut avec deux phrases éviter ce malheur.

Et l'avocat écrivit ceci :

« Les formes de la justice sont tout
» à fait étrangères à ce funeste événe-
» ment. L'autopsie à laquelle on a pro-
» cédé sur-le-champ a démontré que
» cette mort était due à la rupture d'un
» anévrisme à son dernier période.

» Si monsieur Lucien de Rubempré

» avait été affecté de son arrestation, sa

» mort aurait eu lieu beaucoup plus

» tôt.

» Or, nous croyons pouvoir affirmer

» que loin d'être affligé de son arresta-

» tion, il en riait et disait à ceux qui

» l'accompagnèrent de Fontainebleau à

» Paris, qu'aussitôt arrivé devant le ma-

» gistrat, son innocence serait recon-

» nue. »

—N'est-ce pas sauver tout?... demanda
l'avocat-journaliste.

— Merci, monsieur, répondit le procureur général.

Ainsi, comme on le voit, les plus grands événements de la vie sont traduits par de petits *Faits-Paris* plus ou moins vrais.

ESQUISSE

D'HOMME D'AFFAIRES

D'APRÈS NATURE.

A monsieur le baron James Rothschild,

Consul général d'Autriche à Paris, banquier.

Lorette est un mot décent inventé pour exprimer l'état d'une fille ou la fille d'un état difficile à nommer, et que, dans sa pudeur, l'Académie Française a négligé de définir, vu l'âge de ses quarante membres.

Quand un nom nouveau répond à un cas social qu'on ne pouvait pas dire sans périphrases, la fortune de ce mot est faite. Aussi *la Lorette* passa-t-elle dans toutes les classes de la société, même dans celles où ne passera jamais une Lorette.

Le mot ne fut fait qu'en 1840, sans doute à cause de l'agglomération de ces nids d'hirondelles autour de l'église dédiée à Notre-Dame-de-Lorette.

Ceci n'est écrit que pour les étymologistes. Ces messieurs ne seraient pas tant embarrassés si les écrivains du Moyen-Age avaient pris le soin de détailler les mœurs, comme nous le faisons dans ce temps d'analyse et de description.

Mademoiselle Turquet, ou Malaga, car elle est beaucoup plus connue sous son nom de guerre (Voir *la Fausse Maîtresse*), est l'une des premières paroissiennes de cette charmante église. Cette joyeuse et spirituelle fille, ne possédant que sa beauté pour fortune, faisait, au moment où cette histoire se conta, le bonheur d'un notaire qui trouvait dans sa notaresse une femme un peu trop dévote, un peu trop raide, un peu trop sèche pour trouver le bonheur au logis.

Or, par une soirée de carnaval, maître Cardot avait régalé, chez mademoiselle Turquet, Desroches l'avoué, Bixiou le caricaturiste, Lousteau le feuilletoniste, Na

than dont les noms illustres dans *la Comédie humaine* rendent superflus toute
espèce de portrait. Le jeune la Palférine,
dont le titre de comte est de vieille roche,
roche sans aucun filon de métal, hélas!
avait honoré de sa présence le domicile
illégal du notaire.

Si l'on ne dîne pas chez une Lorette
pour y manger le bœuf patriarcal, le mai-
gre poulet de la table conjugale et la sa-
lade de famille, l'on n'y tient pas non plus
les discours hypocrites qui ont cours dans
un salon meublé de vertueuses bour-
geoises.

Ah! quand les bonnes mœurs se-
ront-elles attrayantes? Quand les femmes
du grand monde montreront-elles un peu

moins leurs épaules et un peu plus de bonhomie et d'esprit?

Marguerite Turquet, l'Aspasie du Cirque-Olympique, est une de ces natures franches et vives, à qui l'on pardonne tout à cause de sa naïveté dans la faute et de son esprit dans le repentir, à qui l'on dit, comme Cardot assez spirituel quoique notaire pour le dire : — Trompe-moi bien!

Ne croyez pas néanmoins à des énormités.

Desroches et Cardot étaient deux trop bons enfants et trop vieillis dans le métier pour ne pas être de plain-pied avec Bixiou, Lousteau, Nathan et le jeune comte. Et ces messieurs, ayant eu souvent recours aux deux officiers ministériels, les connaissaient trop pour, en style lorette, les *faire poser*.

La conversation, parfumée des odeurs de sept cigares, fantasque d'abord comme une chèvre en liberté, s'arrêta sur la stratégie que crée à Paris la bataille incessante qui s'y livre entre les créanciers et les débiteurs.

Or, si vous daignez vous souvenir de la vie et des antécédents des convives, vous eussiez difficilement trouvé dans Paris des gens plus instruits en cette matière : les uns émérites, les autres artistes, ils ressemblaient à des magistrats riant avec des justiciables. Une suite de dessins faits par Bixiou sur Clichy avait été la cause de la tournure que prenait le discours.

Il était minuit.

Ces personnages, diversement groupés dans le salon autour d'une table et devant le feu, se livraient à ces charges qui non-seulement ne sont compréhensibles et possibles qu'à Paris, mais encore qui ne se font et ne peuvent être comprises que dans la zone décrite par le faubourg Montmartre et par la rue de la Chaussée-d'Antin, entre les hauteurs de la rue de Navarin et la ligne des boulevards.

En dix minutes, les réflexions pro-
fondes, la grande et la petite morale,
tous les quolibets furent épuisés sur ce
sujet, épuisés déjà vers 1500 par Rabelais. Ce n'est pas un petit mérite que de
renoncer à ce feu d'artifice terminé par
cette dernière fusée due à Malaga.

—Tout ça tourne au profit des bottiers,
dit-elle.

» J'ai quitté une modiste qui m'avait
manqué deux chapeaux. La rageuse est
venue vingt-sept fois me demander vingt
francs. Elle ne savait pas que nous n'avons
jamais vingt francs.

» On a mille francs, on envoie chercher
cinq cents francs chez son notaire; mais
vingt francs, je ne les ai jamais eus. Ma

cuisinière ou ma femme de chambre ont peut-être vingt francs à elles deux.

» Moi, je n'ai que du crédit, et je le perdrais en empruntant vingt francs. Si je demandais vingt francs, rien ne me distinguerait plus de mes *confrères* qui se promènent sur le boulevard.

— La modiste est-elle payée? dit la Palférine.

— Ah! ça, deviens-tu bête, toi? dit-elle à la Palférine en clignant, elle est venue ce matin pour la vingt-septième fois, voilà pourquoi je vous en parle.

— Comment avez-vous fait, dit Desroches.

— J'ai eu pitié d'elle, et... je lui ai commandé le petit chapeau que j'ai fini par in-

venter pour sortir des formes connues. Si
mademoiselle Amanda réussit, elle ne me
demandera plus rien : sa fortune est
faite.

— Ce que j'ai vu de plus beau dans ce
genre de lutte, dit maître Desroches,
peint, selon moi, Paris, pour des gens
qui le pratiquent, beaucoup mieux que
tous les tableaux où l'on peint toujours un
Paris fantastique.

» Vous croyez être bien forts, vous autres, dit-il en regardant Nathan et Lousteau, Bixiou et la Palférine; mais le roi,
sur ce terrain, est un certain comte qui
maintenant s'occupe de faire une fin, et

qui, dans son temps, a passé pour le plus
habile, le plus adroit, le plus renaré, le
plus instruit, le plus hardi, le plus subtil,
le plus ferme, le plus prévoyant de tous
les corsaires à gants jaunes, à cabriolet, à
belles manières qui naviguèrent, navi-
guent et navigueront sur la mer orageuse
de Paris.

» Sans foi ni loi, sa politique privée a
été dirigée par les principes qui dirigent
celle du cabinet anglais. Jusqu'à son mariage, sa vie fut une guerre continuelle
comme celle de... Lousteau, dit-il. J'étais
et je suis encore son avoué.

— Et la première lettre de son nom

est Maxime de Trailles, dit la Palférine.

— Il a d'ailleurs tout payé, n'a fait de
tort à personne, reprit Desroches; mais
comme le disait tout à l'heure notre ami
Bixiou, payer en mars ce qu'on ne veut
payer qu'en octobre est un attentat à la liberté individuelle.

En vertu d'un article de son code particulier, Maxime considérait comme une
escroquerie la ruse qu'un de ses créanciers employait pour se faire payer immédiatement.

Depuis longtemps, la lettre de change
avait été comprise par lui dans toutes
ses conséquences immédiates et mé-
diates.

» Un jeune homme appelait chez moi, devant lui, la lettre de change : — Le pont-aux-ânes! — Non, dit-il, c'est le pont-des-soupirs, on n'en revient pas. » Aussi sa science en fait de jurisprudence commerciale était-elle si complète qu'un agréé ne lui aurait rien appris.

» Vous savez qu'alors il ne possédait rien, sa voiture, ses chevaux étaient loués, il demeurait chez son valet de chambre, pour qui, dit-on, il sera toujours un grand homme, même après le mariage qu'il veut faire! Membre de trois clubs, il y dînait quand il n'avait aucune invitation en ville. Généralement il usait peu de son domicile...

II.   18

— Il m'a dit, à moi, s'écria la Palférine en interrompant Desroches :

« Ma seule fatuité, c'est de prétendre que je demeure rue Pigale. »

— Voilà l'un des deux combattants, reprit Desroches, maintenant voici l'autre.

» Vous avez entendu plus ou moins parler d'un certain Claparon...

— Il avait les cheveux comme ça, s'écria Bixiou en ébouriffant sa chevelure.

Et, doué du même talent que Chopin le pianiste possède à un si haut degré

pour contrefaire les gens, il représenta
le personnage à l'instant avec une ef-
frayante vérité.

— Il roule ainsi sa tête en parlant, il
a été commis-voyageur, il a fait tous les
métiers...

— Eh! bien, il est né pour voyager, car
il est, à l'heure où je parle, en route pour
l'Amérique, dit Desroches. Il n'y a plus de
chance que là pour lui, car il sera proba-
blement condamné par contumace pour
banqueroute frauduleuse à la prochaine
session.

— Un homme à la mer! cria Malaga.

— Ce Claparon, reprit Desroches, fut pendant six à sept ans le paravent, l'homme de paille, le bouc émissaire de deux de nos amis, Du Tillet et Nucingen; mais, en 1829, son rôle fut si connu, que...

— Nos amis l'ont lâché, dit Bixiou.

— Enfin ils l'abandonnèrent à sa destinée; et, reprit Desroches, il roula dans la fange. En 1833, il s'était associé pour faire des affaires avec un nommé Cérizet...

— Comment! celui qui, lors des entreprises en commandite, en fit une si gentiment combinée que la Sixième Chambre l'a foudroyé par deux ans de prison? demanda la Lorette.

— Le même, répondit Desroches.

» Sous la Restauration, le métier de ce Cérizet consista, de 1823 à 1827, à signer intrépidement des articles poursuivis avec acharnement par le Ministère Public, et d'aller en prison. Un homme s'illustrait alors à bon marché.

» Le parti libéral appela son champion départemental LE COURAGEUX CÉRIZET. Ce zèle fut récompensé, vers 1828, par *l'intérêt général*. L'intérêt général était une espèce de couronne civique décernée par les journaux.

» Cérizet voulut escompter l'intérêt général; il vint à Paris, où, sous le patronage des banquiers de la Gauche, il débuta par une agence d'affaires, entremé-

II.   49

lée d'opérations de banque, de fonds
prêtés par un homme qui s'était banni
lui-même, un joueur trop habile, dont les
fonds, en juillet 1830, ont sombré de com-
pagnie avec le vaisseau de l'Etat...

— Eh! c'est celui que nous avions
surnommé la Méthode des cartes... s'écria
Bixiou.

— Ne dites pas de mal de ce pauvre
garçon, s'écria Malaga. D'Estourny était
un bon enfant!

— Vous comprenez le rôle que devait
jouer en 1830 un homme ruiné qui se
nommait, politiquement parlant, le Courageux Cérizet! Il fut envoyé dans une

très jolie sous-préfecture, reprit Desroches.

» Malheureusement pour Cérizet, le pouvoir n'a pas autant d'ingénuité qu'en ont les partis, qui, pendant la lutte, font projectile de tout. Cérizet fut obligé de donner sa démission après trois mois d'exercice!

Ne s'était-il pas avisé de vouloir être populaire?

» Comme il n'avait encore rien fait pour perdre son titre de noble (le Courageux Cérizet!) le Gouvernement lui proposa, comme indemnité, de devenir gérant d'un journal d'Opposition qui serait ministériel *in petto*. Ainsi ce fut le Gou-

vernement qui dénatura ce beau caractère.

» Cérizet se trouvant un peu trop, dans
sa gérance, comme un oiseau sur une
branche pourrie, se lança dans cette gen
tille commandite où le malheureux a,
comme vous venez de le dire, attrapé
deux ans de prison, là où de plus habiles
ont attrapé le public.

— Nous connaissons les plus habiles,
dit Bixiou, ne médisons pas de ce pauvre
garçon, il est pipé! Couture, se laisser
pincer sa caisse, qui l'aurait jamais
cru!

— Cérizet est d'ailleurs un homme

ignoble, et que les malheurs d'une dé-
bauche de bas étage ont défiguré, reprit Desroches. Revenons au duel pro-
mis ?

» Donc, jamais deux industriels de plus
mauvais genre, de plus mauvaises mœurs,
plus ignobles de tournure , ne s'as-
socièrent pour faire un plus sale com-
merce.

» Comme fonds de roulement, ils comp-
taient cette espèce d'argot que donne la
connaissance de Paris, la hardiesse que
donne la misère, la ruse que donne l'ha-
bitude des affaires, la science que donne
la mémoire des fortunes parisiennes, de
ur origine, des parentés, des accoin

tances et des valeurs intrinsèques de chacun.

» Cette association de deux *carotteurs*,
passez-moi ce mot, le seul qui puisse,
dans l'argot de la Bourse, vous les définir,
fut de peu de durée. Comme deux chiens
affamés, ils se battirent à chaque cha·
rogne.

» Les premières spéculations de la
maison Cérizet et Claparon furent cepen-
dant assez bien entendues. Ces deux drô-
les s'abouchèrent avec les Barbet, les
Chaboisseau, les Samanon et autres usu-
riers auxquels ils achetèrent des créances
désespérées.

» L'agence Claparon siégeait alors dans
un petit entresol de la rue Chabannais,
composé de cinq pièces et dont le loyer
ne coûtait pas plus de sept cents francs.
Chaque associé couchait dans une cham-
brette qui, par prudence, était si soigneu-
sement close, que mon maître-clerc n'y
put jamais pénétrer. Les bureaux se com-
posaient d'une antichambre, d'un salon
et d'un cabinet dont les meubles n'au-
raient pas rendu trois cents francs à l'hôtel des Commissaires-Priseurs.

» Vous connaissez assez Paris pour voir
la tournure des deux pièces officielles :
des chaises foncées de crin, une table à
tapis en drap vert, une pendule de paco-

tille entre deux flambeaux sous verre qui
s'ennuyaient devant une petite glace à
bordure dorée, sur une cheminée dont
les tisons étaient, selon un mot de
mon maître-clerc, âgés de deux hi-
vers!

» Quant au cabinet, vous le devinez :
beaucoup plus de cartons que d'affaires!...
un cartonnier vulgaire pour chaque associé; puis, au milieu, le secrétaire à cy-
lindre, vide comme la caisse! deux fau-
teuils de travail de chaque côté d'une
cheminée à feu de charbon de terre. Sur
le carreau, s'étalait un tapis d'occasion,
comme les créances. Enfin, on voyait ce
meuble-meublant en acajou qui se vend
dans nos études depuis cinquante ans de

prédécesseur à successeur. Vous connaissez maintenant chacun des deux adversaires.

Or, dans les trois premiers mois de leur association, qui se liquida par des coups de poing au bout de sept mois, Cériset et Claparon achetèrent deux mille francs d'effets signés Maxime (puisque Maxime il y a), et rembourrés de deux dossiers (jugement, appel, arrêt, exécution, reféré), bref une créance de trois mille deux cents francs et des centimes qu'ils eurent pour cinq cents francs par un transport sous signature privée avec procuration spéciale pour agir, afin d'éviter les frais...

» Dans ce temps-là, Maxime, déjà mûr,

eut l'un de ces caprices particuliers aux
quinquagénaires...

— Antonia! s'écria la Palférine. Cette
Antonia dont la fortune a été faite par
une lettre où je lui réclamais une brosse
à dents!

— Son vrai nom est Chocardelle, dit
Malaga que ce nom prétentieux importu-
nait.

— C'est cela, reprit Desroches.

— Maxime n'a commis que cette faute-
là dans toute sa vie; mais, que voulez-
vous?..... le Vice n'est pas parfait! dit
Bixiou.

—Maxime ignorait encore la vie qu'on mène avec une petite fille de dix-huit ans, qui veut se jeter la tête la première par son honnête mansarde pour tomber dans un somptueux équipage, reprit Desroches, et les hommes d'État doivent tout savoir.

» A cette époque, de Marsay venait d'employer son ami, notre ami dans la haute comédie de la politique. Homme à grandes conquêtes, Maxime n'avait connu que des femmes titrées; et à cinquante ans il avait bien le droit de mordre à un petit fruit soi-disant sauvage, comme un chasseur qui fait une halte dans le champ d'un paysan sous un pommier. Le comte trouva pour mademoïselle Chocardelle un cabinet littéraire assez élégant, une occasion, comme toujours...

— Bah! elle n'y est pas restée six mois, dit Nathan, elle était trop belle pour tenir un cabinet littéraire.

— Serais-tu le père de son enfant?..... demanda la lorette à Nathan.

— Un matin, reprit Desroches, Cérizet, qui depuis l'achat de la créance sur Maxime, était arrivé par degrés à une tenue de premier clerc d'huissier, fut introduit, après sept tentatives inutiles, chez le comte.

» Suzon, le vieux valet de chambre quoique profès, avait fini par prendre Cériset pour un solliciteur qui venait proposer mille écus à Maxime, s'il voulait faire obtenir à une jeune dame un bureau de papier timbré. Suzon, sans aucune défiance sur ce petit drôle, un vrai gamin de Paris frotté de prudence par ses condamnations en police correctionnelle, engagea son maître à le recevoir.

» Voyez-vous cet homme d'affaires, au regard trouble, aux cheveux rares au front dégarni, à petit habit sec et noir, en bottes crottées.

— Quelle image de la Créance! s'écria Lousteau.

— Devant le comte, reprit Desroches, (l'image de la Dette insolente), en robe de chambre de flanelle bleue, en pantoufles brodées par quelque marquise, en pantalon de lainage blanc, ayant sur ses cheveux teints en noir une magnifique calotte, une chemise éblouissante, et jouant avec les glands de sa ceinture?... *

— C'est un tableau de genre, dit Nathan, pour qui connaît le joli petit salon d'attente où Maxime déjeûne, plein de tableaux d'une grande valeur, tendu de soie, où l'on marche sur un tapis de Smyrne, en admirant des étagères pleines de curiosités, de raretés à faire envie à un roi de Saxe...

— Voici la scène, dit Desroches.

Sur ce mot le conteur obtint le plus
profond silence.

» — Monsieur le comte, dit Cériset, je
» suis envoyé par un monsieur Charles
» Claparon, ancien banquier.

» — Ah! que me veut-il? le pauvre
» diable?...

» — Mais il est devenu votre créancier
» pour une somme de trois mille deux
» cents francs soixante-quinze centimes,
» en capital, intérêts et frais. .

» — La créance Coutelier, dit Maxime

» qui savait ses affaires comme un pilote
» connaît sa côte.

» — Oui, monsieur le comte, répond
» Cérizet en s'inclinant. Je viens savoir
» quelles sont vos intentions?

» — Je ne payerai cette créance qu'à
» ma fantaisie, répondit Maxime en son-
» nant pour faire venir Suzon. Claparon
» est bien osé d'acheter une créance sur
» moi sans me consulter! j'en suis fâché
» pour lui, qui, pendant si longtemps,
» s'est si bien comporté comme l'*homme*
» *de paille* de mes amis. Je disais de
» lui :

» — Vraiment il faut être imbécille
» pour servir avec si peu de gages et tant

» de fidélité, des hommes qui se bourrent

» de millions.

» Eh! bien, il me donne là une preuve

» de sa bêtise... Oui, les hommes méri-

» tent leur sort! on chausse une cou-

» ronne ou un boulet! on est millionnaire

» ou portier et tout est juste. Que vou-

» lez-vous, mon cher? Moi je ne suis pas

» un roi, je tiens à mes principes. Je suis

» sans pitié pour ceux qui me font des

» frais ou qui ne savent pas leur métier de

» créancier.

» Suzon, mon thé! Tu vois monsieur?..

» dit-il au valet de chambre. Eh! bien,

» tu t'es laissé attrapper, mon pauvre

» vieux. Monsieur est un créancier, tu au-

» rais dû le reconnaître à ses bottes. Ni

II.   20

» mes amis, ni des indifférents qui ont
» besoin de moi, ni mes ennemis ne vien-
» nent me voir à pied.

» Mon cher monsieur Cérizet, vous
» comprenez! Vous n'essuierez plus vos
» bottes sur mon tapis, dit-il en regar-
» dant la crotte qui blanchissait les se-
» melles de son adversaire..... Vous ferez
» mes compliments de condoléance à ce
» pauvre Boniface de Claparon, car je
» mettrai cette affaire-là dans le Z. »

Tout cela se disait d'un ton de bonhomie à donner la colique à de vertueux
bourgeois.

« — Vous avez tort, monsieur le comte

» répondit Cérizet en prenant un petit
» ton péremptoire, nous serons payés in-
» tégralement, et d'une façon qui pourra
» vous contrarier. Aussi venais-je amica-
» lement à vous, comme cela doit se
» faire entre gens bien élevés... »

« — Ah! vous l'entendez ainsi?... »

Reprit Maxime, que cette dernière pré-
tention du Cérizet mit en colère. Dans
cette insolence, il y avait de l'esprit à la
Talleyrand, si vous avez bien saisi le con-
traste des deux costumes et des deux
hommes. Maxime fronça les sourcils et
arrêta son regard sur le Cérizet, qui non-
seulement soutint ce jet de rage froide,

mais encore qui y répondit par cette ma-
lice glaciale que distilent les yeux fixes
d'une chatte.

« — Eh! bien, monsieur sortez... »

« — Eh! bien , adieu , monsieur le
» comte. Avant six mois nous serons
» quittes.` »

« — Si vous pouvez me *voler* le mon-
» tant de votre créance, qui je le recon-
» nais, est légitime , je serai votre obligé,
» monsieur, répondit Maxime, vous m'au-
» rez appris quelque précaution nouelle
» à prendre... Bien votre serviteur.

« — Monsieur le comte, dit Cérizet,
» c'est moi qui suis le vôtre. »

Ce fut net, plein de force et de sécurité de part et d'autre. Deux tigres, qui se consultent avant de se battre devant une proie, ne seraient pas plus beaux, ni plus rusés, que le furent alors ces deux natures aussi rouées l'une que l'autre, l'une dans son impertinente élégance, l'autre sous son harnais de fange.

— Pour qui pariez-vous?... dit Desroches qui regarda son auditoire surpris d'être si profondément intéressé.

— En voilà une d'histoire!... dit Malaga. Oh! je vous en prie, allez, mon cher, ça me prend au cœur.

— Entre deux *chiens* de cette force, il

ne doit pas se passer rien de vulgaire, dit la Palférine.

— Bah! je parie le mémoire de mon menuisier qui me scie, que le petit crapaud a enfoncé Maxime, s'écria Malaga.

— Je parie pour Maxime, dit Cardot, on ne l'a jamais pris sans vert.

Desroches fit une pause en avalant un petit verre que lui présenta la Lorette.

— Le cabinet de lecture de mademoiselle Chocardelle, reprit Desroches, était situé rue Coquenard, à deux pas de la rue Pigale, où demeurait Maxime.

» Ladite demoiselle Chocardelle occupait un petit appartement donnant sur un jardin et séparé de sa boutique par une grande pièce obscure où se trouvaient des livres. Antonia faisait tenir le cabinet par sa tante...

— Elle avait déjà sa tante ?... s'écria Malaga. Diable ! Maxime faisait bien les choses.

— C'était, hélas! sa vraie tante, reprit Desroches, nommée... attendez!...

— Ida Bonamy... dit Bixiou.

— Donc, Antonia, débarrassée de beaucoup de soins par cette tante , se levait tard, se couchait tard, et ne paraissait à son comptoir que de deux à quatre heures, reprit Desroches.

» Dès les premiers jours , sa présence avait suffi pour achalander son salon de lecture; il y vint plusieurs vieillards du quartier, entre autres un ancien carrossier, nommé Croiseau.

» Après avoir vu ce miracle de beauté féminine à travers les vitres, l'ancien carrossier s'ingéra de lire les journaux tous les jours dans ce salon, et fut imité par un ancien directeur des douanes, nommé Denisart , homme décoré, dans qui le Croiseau voulut voir un rival et à qui plus dit : « Môsieur, vous m'avez donné bien de

la tablature! » Ce mot doit vous faire en-
trevoir le personnage.

» Ce sieur Croizeau se trouve apparte-
nir à ce genre de petits vieillards que, depuis Henri Monnier, on devrait appeler l'Es-
pèce-Coquerelle, tant il en a bien rendu
la petite voix, les petites manières, la petite queue, le petit œil de poudre, la petite démarche, les petits airs de tête, le
petit ton sec dans son rôle de Coquerelle
de la *Famille improvisée.*

» Ce Croiseau disait :

« — Voici, belle dame ! » en remettant
ses deux sous à Antonia par un geste
prétentieux.

Madame Ida Bonamy, tante de mademoiselle Chocardelle, sut bientôt par la

cuisinière que l'ancien carrossie, homme
d'une ladrerie excessive, était taxé à
quarante mille francs de rentes dans le
quartier où il demeurait, rue du Buf-fault.

Huit jours après l'installation de la
belle loueuse de romans, il accoucha de
ce calambourg galant :

« — Vous me prêtez des livres, mais je
» vous rendrais bien des francs... »

» Quelques jours plus tard, il prit un
petit air entendu pour dire :

« — Je sais que vous êtes occupée, mais
» mon jour viendra : je suis veuf. »

» Croiseau se montrait toujours avec

de beau linge, avec un habit bleu-barbeau,
gilet de pou-de-soie, pantalon noir, souliers
à double semelle, noués avec des rubans
de soie noire et craquant comme ceux
d'un abbé. Il tenait toujours à la main
son chapeau de soie de quatorze francs.

« — Je suis vieux et sans enfants, di-
» sait-il à la jeune personne quelques
» jours après la visite de Cérizet chez
» Maxime. J'ai mes collatéraux en hor-
» reur. C'est tous paysans faits pour la-
» bourer la terre! Figurez-vous que je
» suis venu de mon village avec six francs,
» et que j'ai fait ma fortune ici. Je ne
» suis pas fier... Une jolie femme est mon
» égale.

» Ne vaut-il pas mieux être madame
» Croizeau pendant quelque temps que la
» servante d'un comte pendant un an.....
» Vous serez quittée un jour ou l'autre.
» Et, vous penserez alors à moi... Votre
» serviteur, belle dame ! »

» Tout cela mitonnait sourdement. La
plus légère galanterie se disait en ca-
chette. Personne au monde ne savait que
ce petit vieillard propret aimait Antonia,
car la prudente contenance de cet amoureux au salon de lecture n'aurait rien
appris à un rival.

» Croiseau se défia pendant deux mois
du directeur des douanes en retraite.

Mais, vers le milieu du troisième mois,
il eut lieu de reconnaître combien ses
soupçons étaient mal fondés.Croiseau s'in-
génia de côtoyer Dénissart en s'en allant
de conserve avec lui, puis, en prenant sa
bisque, il lui dit :

« — Il fait beau, môsieur?.. »

» A quoi l'ancien fonctionnaire répondit :

« — Le temps d'Austerlitz, monsieur :
» j'y fus... j'y fus même blessé, ma croix
» me vient de ma conduite dans cette
» belle journée... »

»Et, de fil en aiguille, de roue en bataille

de femme en carrosse, une liaison se fit entre ces deux débris de l'Empire. Le petit Croiseau tenait à l'Empire par ses liaisons avec les sœurs de Napoléon; il était leur carrossier, et il les avait souvent tourmentées pour ses factures. Il se donnait donc *pour avoir eu des relations avec la famille impériale.*

» Maxime, instruit par Antonia des propositions que se permettait l'*agréable vieillard,* tel fut le surnom donné par la tante au rentier, voulut le voir. La déclaration de guerre de Serizet avait eu la propriété de faire étudier à ce grand Gant-Jaune sa position sur son échiquier en en observant les moindres pièces.

» Or, à propos de cet agréable vieillard, il reçut dans l'entendement ce coup de cloche qui vous annonce un malheur.

Un soir Maxime se mit dans le second salon obscur, autour duquel étaient placés les rayons de la bibliothèque. Après avoir examiné par une fente entre deux rideaux verts les sept ou huit habitués du salon, il jaugea d'un regard l'âme du petit carrossier; il en évalua la passion, et fut très satisfait de savoir qu'au moment où sa fantaisie serait passée un avenir assez somptueux ouvrirait à commandement ses portières vernies à Antonia.

« — Et celui-là, dit-il en désignant le gros et beau vieillard décoré du ruban de

la Légion-d'Honneur, qui est-ce? — Un
ancien directeur des douanes. — Il est
d'un galbe inquiétant! » dit Maxime en
admirant la tenu de sieur Denisart.

» En effet, cet ancien militaire se tenait
droit comme un clocher, sa tête se recom-
mandait à l'attention par une chevelure
poudrée et pommadée, presque semblable à celle des *postillons* au bal masqué.
Sous cette espèce de feutre moulé sur une
tête oblongue se dessinait une vieille figure, administrative et militaire à la fois,
mimée par un air rogue, assez semblable à celle que la Caricature a prêtée au
Constitutionnel.

» Cet ancien administrateur, d'un âge,
d'une poudre, d'une voussure de dos à ne

rien lire sans lunettes, tendait son respectable abdomen avec tout l'orgueil d'un
vieillard à maîtresse , et portait à ses
oreilles des boucles d'or qui rappelaient
celles du vieux général Montcornet, l'ha-
bitué du Vaudeville. Denisart affectionnait
le bleu : son pantalon et sa vieille redingote , très amples , étaient en drap
bleu.

» — Depuis quand vient ce vieux-là ?
demanda Maxime à qui les lunettes pa-
rurent d'un port suspect.

» — Oh! dès le commencement, répondit Antonia, voici bientôt deux mois...

» — Bon , Cerizet n'est venu que depuis un mois, se dit Maxime en lui-même...

II. 24

Fais le donc parler dit-il à l'oreille d'Antonia, je veux entendre sa voix.

» — Bah! répondit-elle, ce sera difficile, il ne me dit jamais rien.

» — Pourquoi vient-il alors? demanda Maxime.

» — Par une drôle de raison repliqua la belle Antonia. D'abord il a une passion, malgré ses soixante-neuf ans; mais à cause de ses soixante-neuf ans, il est réglé comme un cadran. Ce bonhomme-là va dîner chez sa passion, rue de la Victoire, à cinq heures, tous les jours... en voilà une malheureuse! il sort de chez elle à six heures, vient lire pendant quatre heures, tous les journaux et il y retourne à dix heures.

» Le papa Croizeau dit qu'il connaît les motifs de la conduite de monsieur Dénisart, il l'approuve; et, à sa place, il agira de même. Ainsi, je connais mon avenir! Si jamais je deviens madame Croizeau, de six à dix heures, je serai libre. Maxime examina l'Almanach des 25,000 adresses, il trouva cette ligne rassurante.

« Denisart, ancien directeur des doua-
» nes, rue de la Victoire. »

» Il n'eut plus aucune inquiétude.

» Insensiblement, il se fit entre le sieur

Denisart et le sieur Croizeau quelques confidences. Rien ne lie plus les hommes qu'une certaine conformité de vues en fait de femmes. Le papa Croizeau dîna chez celle qu'il nommait *la belle de monsieur Denisart*.

« Ici je dois placer une observation assez importante.

» Le cabinet de lecture avait été payé par le comte moitié comptant, moitié en billets souscrits par ladite demoiselle Chocardelle. Le quart d'heure de Rabelais arrivé, le comte se trouva sans monnaie. Or, le premier des trois billets de mille francs fut payé galamment par l'agréable

carrossier, à qui le vieux scélérat de Denisart conseilla de constater son prêt en
se faisant privilégier sur le cabinet de
lecture.

« — Moi, dit Denisart, j'en ai vu de
belles avec les belles !... Aussi, dans tous
les cas, même quand je n'ai pas la tête
à moi, je prends toujours mes précautions
avec les femmes. Cette créature de qui
je suis fou, eh bien! elle n'est pas dans
ses meubles, elle est dans les miens. Le
bail de l'appartement est en mon
nom... »

» Vous connaissez Maxime, il trouva le
carrossier très jeune! Le Croizeau pou-

vait payer les trois mille francs sans rien toucher de longtemps, car Maxime se sentait plus fou que jamais d'Antonia...

— Je le crois bien, dit la Palférine, c'est la belle Impéria du Moyen-Age.

— Une femme qui a la peau rude, s'écria la Lorette, et si rude qu'elle se ruine en bain de son.

— Croizeau parlait avec une admiration de carrossier du mobilier somptueux que l'amoureux Denisart avait donné pour cadre à sa belle, il le décrivait avec une complaisance satanique à l'ambitieuse Antonia, reprit Desroches. C'était des bahuts en ébène, incrustés de nacre et de filets d'or, des tapis de Belgique, un lit Moyen-Âge d'une valeur de mille écus, une horloge de Boule ; puis dans la salle à manger, des torchères aux quatres coins, des rideaux de soie de la Chine sur laquelle la patience chinoise avait peint des oiseaux, et des portières montées sur des traverses valant plus que des portières à deux pieds.

, — Voilà ce qu'il vous faudrait, belle dame... et ce que je voudrais vous offrir... disait-il en concluant. Je sais bien que vous m'aimeriez à peu près ; mais, à mon âge, on se fait une raison. Jugez combien je vous aime, puisque je vous ai prêté mille francs. Je puis vous l'avouer : de ma vie, de mes jours je n'ai prêté ça! »

» Et il tendit les deux sous de sa séance avec l'importance qu'un   vant met à une démonstration.

» Le soir, Antonia dit au comte, aux Variétés :

« — C'est bien ennuyeux tout de même un cabinet de lecture. Je ne me sens point de goût pour cet état-là, je n'y vois aucune chance de fortune. C'est le lot d'une veuve qui veut vivoter, ou d'une fille atrocement laide qui croit pouvoir attraper un homme par un peu de toilette.

» — C'est ce que vous m'avez demandé, » répondit le comte.

» En ce moment, Nucingen, à qui la veille, le roi des Lions, car les Gants-Jaunes étaient devenus alors des Lions, avait gagné mille écus, entra les lui donner, et, en voyant l'étonnement de Maxime, il lui dit :

« — *Chai ressi eine obbozition à la re- quéte de ce tiaple te Glabaron...*

» — Ah ! voilà leurs moyens, s'écria Maxime, ils ne sont pas forts, ceux- là !...

» — *C'esde écal,* répondit le banquier, *bayez-les, gar ils bourraient s'atresser à t'autres que moi, et fus faire tu dord... che brends à témoin cedde cholie phamme que che fus ai bayé ce madin, pien afant l'ob- bozition...*

— Reine du Tremplin, dit la Palférine en souriant, tu perdras...

» Il y avait longtemps, reprit Desroches, que, dans un cas semblable, mais où le trop honnête débiteur, effrayé d'une affirmation à faire en justice, ne voulut pas payer Maxime, nous avions rudement mené le créancier opposant, en faisant frapper des oppositions en masse, afin d'absorber la somme en frais de contribution...

— Quéqu' c'est qu' ça?... s'écria Malaga, voilà des mots qui sonnent à mon oreille comme du patois. Puisque vous avez trouvé l'esturgeon excellent, payez-moi la valeur de la sauce en leçon de chicane...

— Eh! bien, dit Desroches, la somme

qu'un de vos créanciers frappe d'opposition chez un de vos débiteurs peut devenir l'objet d'une semblable opposition de
la part de tous vos autres créanciers.
Que fait le Tribunal à qui tous les créanciers demandent l'autorisation de se
payer ?... Il partage légalement entre tous
la somme saisie. Ce partage, fait sous l'œil
de la justice, se nomme une Contribution.

» Si vous devez dix mille francs, et que
vos créanciers saisissent par opposition
mille francs, ils ont chacun tant pour
cent de leur créance, en vertu d'une ré-
partition *au marc le franc,* en terme de
Palais, c'est-à-dire au prorata de leurs

sommes; mais ils ne touchent que sur une pièce légale appelée *extrait du bordereau de collocation*, que délivre le greffier du Tribunal.

» Devinez-vous ce travail fait par un juge et préparé par des avoués ? il implique beaucoup de papier timbré plein de lignes lâches, diffuses, où les chiffres sont noyés dans des colonnes d'une entière blancheur. On commence par déduire les frais. Or, les frais étant les mêmes pour une somme de mille francs saisis comme pour une somme d'un million, il n'est pas difficile de manger mille écus, par exemple, en frais, surtout si l'on réussit à élever des contestations.

— Un avoué réussit toujours, dit Cardot. Combien de fois un des vôtres ne m'a-t-il pas demandé :

« Qu'y a-t-il à manger ? »

— On y réussit surtout, reprit Desroches, quand le débiteur vous provoque à manger la somme en frais. Aussi les créanciers du comte n'eurent-ils rien : ils en furent pour leurs courses chez les avoués et pour leurs démarches. Pour se faire payer d'un débiteur aussi fort que le comte, un créancier doit se mettre dans une situation légale excessivement difficile à établir : il s'agit d'être à la fois son débiteur et son créancier, car alors

on a le droit, aux termes de la loi, d'opé-
rer la confusion...

— Du débiteur? dit la Lorette qui
prêtait une oreille attentive à ce discours.

— Non, des deux qualités de créancier
et de débiteur, et de se payer par ses
mains, reprit Desroches.

» L'innocence de Claparon, qui n'in-
ventait que des oppositions, eut donc pour
effet de tranquilliser le comte. En rame-
nant Antonia des Variétés, il abonda d'autant plus dans l'idée de vendre le cabinet
littéraire pour pouvoir payer les deux
derniers mille francs du prix, qu'il crai-

gnit le ridicule d'avoir été le bailleur de
fonds d'une semblable entreprise.

» Il adopta donc le plan d'Antonia, qui
voulait aborder la haute sphère de sa
profession, avoir un magnifique appartement, femme de chambre, voiture, et
lutter avec notre belle amphytrionne par
exemple...

— Elle n'est pas assez bien faite pour
cela, s'écria l'illustre beauté du Cirque;
mais elle a bien rincé le petit d'Esgrignon,
tout de même !

— Dix jours après, le petit Croizeau,
perché sur sa dignité, tenait à peu près ce

langage à la belle Antonia, reprit Desroches :

— « Mon enfant, votre cabinet litté-
» raire est un trou, vous y deviendrez
» jaune, le gaz vous abimera la vue; il
» faut en sortir, et, tenez!... profitons de
» l'occasion. J'ai trouvé pour vous une
» jeune dame qui ne demande pas mieux
» que de vous acheter votre cabinet de
» lecture. C'est une petite femme ruinée
» qui n'a plus qu'à s'aller jeter à l'eau;
» mais elle a quatre mille francs comp-
» tant, et il vaut mieux en tirer bon parti
» pour pouvoir nourrir et élever deux en-
» fants...

» — Eh! bien, vous êtes bien gentil,
» papa Croizeau, dit Antonia.

» — Oh! je serai bien plus gentil tout
» à l'heure, reprit le vieux carrossier. Fi-
» gurez-vous que ce pauvre monsieur
» Denisart est dans un chagrin qui lui a
» donné la jaunisse... Oui, cela lui a frappé
» sur le foie comme chez les vieillards
» sensibles. Il a tort d'être si sensible. Je
» le lui ai dit : « Soyez passionné, bien ?
» mais sensible... halte-là! on se tue...» Je
» ne me serais pas attendu, vraiment, à
» un pareil chagrin chez un homme as-
» sez fort, assez instruit pour s'absenter
» pendant sa digestion de chez...

» — Mais qu'y a-t-il?... demanda made-
» moiselle Chocardelle.

» — Cette petite créature, chez qui j'ai
» dîné, l'a planté là, net... oui, elle l'a lâ-

» ché sans le prévenir autrement que
» par une lettre sans aucune orthogra-
» phe.

» — Voilà ce que c'est, papa Croizeau,
» que d'ennuyer les femmes!...

» — C'est une leçon, belle dame, reprit
» le doucereux Croizeau. *En attendant,*
» je n'ai jamais vu d'homme dans un
» désespoir pareil, dit-il. Notre ami De-
» nisart ne connaît plus sa main droite
» de sa main gauche, il ne veut plus voir
» ce qu'il appelle le théâtre de son bon-
» heur... Il a si bien perdu le sens qu'il
» m'a proposé d'acheter pour quatre mille
» francs tout le mobilier d'Hortense...
» Elle se nomme Hortense!

» — Un joli nom, dit Antonia.

» — Oui, c'est celui de la belle-fille de
» Napoléon; je lui ai fourni ses équipa-
» ges, comme vous savez.

» — Eh! bien, je verrai, dit la fine An-
» tonia, commencez par m'envoyer votre
» jeune femme... »

»Antonia courut voir le mobilier, revint
fascinée, et fascina Maxime par un en-
thousiasme d'antiquaire.

»Le soir même, le comte consentit à la
vente du cabinet de lecture. L'établisse-
ment, vous comprenez, était au nom de
mademoiselle Chocardelle. Maxime se
mit à rire du petit Croizeau qui lui fournissait un acquéreur. La société Maxime
et Chocardelle perdait deux mille francs,
il est vrai; mais qu'était-ce que cette

perte en présence de quatre beaux billets
de mille francs? Comme me le disait le
comte : « Quatre mille francs d'argent vi-
» vant!.. il y a des moments où l'on sous-
» crit huit mille francs de billets pour les
» avoir! »

» Le comte va voir lui-même, le surlen-
demain, le mobilier, ayant les quatre mille
francs sur lui. La vente avait été réalisée
à la diligence du petit Croizeau qui pous-
sait à la roue; il avait *enclaudé*, disait-il,
la veuve.

» Se souciant peu de cet agréable vieillard, qui allait perdre ses mille francs,
Maxime voulut faire porter immédiatement tout le mobilier dans un appartement loué au nom de madame Ida Bona-

my, rue Tronchet, dans une maison neuve. Aussi s'était-il précautionné de plusieurs grandes voitures de déménagement.

»Maxime, refasciné par la beauté du mobilier, qui pour un tapissier aurait valu six mille francs, trouva le malheureux vieillard, jaune de sa jaunisse, au coin du feu, la tête enveloppée dans deux madras, et un bonnet de coton par-dessus, emmitouflé comme un lustre, abattu, ne pouvant pas parler, enfin si délabré, que le comte fut forcé de s'entendre avec un valet de chambre.

» Après avoir remis les quatre mille francs au valet de chambre qui les portait à son maître pour qu'il en donnât un

reçu, **Maxime** voulut aller dire à ses com-
missionnaires de faire avancer les voitures ; mais il entendit alors une voix
qui résonna comme une crécelle à son
oreille, et qui lui cria :

« — C'est inutile, monsieur le comte,
» nous sommes quittes, j'ai six cent
» trente francs quinze centimes à vous
» remettre ! »

» **Et il fut tout effrayé de voir Cérizet**
sorti de ses enveloppes, comme un pa-
pillon de sa larve, qui lui tendit ses sacrés
dossiers en ajoutant :

« — Dans mes malheurs, j'ai appris à
» jouer la comédie, et je vaux Bouffé
» dans les vieillards. »

» — Je suis dans la forêt de Bondy, s'é-
» cria Maxime.

»— Non, monsieur le comte, vous êtes
chez mademoiselle Hortense, l'amie du
vieux lord Dudley qui la cache à tous les
regards; mais elle a le mauvais goût d'aimer votre serviteur.

— Si jamais, me disait le comte, j'ai eu
envie de tuer un homme, ce fut dans ce
moment; mais que voulez-vous? Hortense
me montrait sa jolie tête, il fallut rire,
et, pour conserver ma supériorité, je
lui dis en lui jetant les six cents
francs :

« — Voilà pour la fille. »

— C'est tout Maxime! s'écria la Palférine.

— D'autant plus que c'était l'argent du petit Croizeau, dit le profond Cardot.

— Maxime eut un triomphe, reprit Desroches, car Hortense s'écria :

« — Ah! si j'avais su que ce fût toi!... »

— En voilà une de confusion, s'écria la Lorette. — Tu as perdu, milord, dit-elle au notaire.

Et c'est ainsi que le menuisier à qui Malaga devait cent écus fut payé.

FIN DU DEUXIÈME ET DERNIER VOLUME.

www.ingramcontent.com/pod-product-compliance
Lightning Source LLC
Chambersburg PA
CBHW071855020726
47502CB00003B/755